소드마스터 힐러님

침략자 퓨전 판타지 장편소설

WISHBOOKS FUSION FANTASY STORY

소드마스터 힐러님 11

침략자 퓨전 판타지 장편소설

초판 1쇄 찍은 날 | 2019년 11월 18일
초판 1쇄 펴낸 날 | 2019년 11월 25일

지은이 | 침략자
펴낸이 | 예경원

기획 | 위시북스
편집책임 | 이은송
편집 | 위시북스

펴낸곳 | 예원북스
등록번호 | 제396-2012-000132호
등록일자 | 2012. 7. 25
KFN | 제1-486호

주소 | 경기도 고양시 일산동구 호수로 646-24 위너스21II빌딩 206A호 (우)10401
전화 | 031-819-9431 팩스 | 031-817-9432
E-mail | yewonbooks@naver.com

ISBN 979-11-365-0503-3 04810
      979-11-6424-130-9(set)

소드마스터 힐러님

침략자 퓨전 판타지 장편소설

WISHBOOKS FUSION FANTASY STORY

11
완결

Wish Books

CONTENTS

1장 반격의 신호탄   7

2장 조우   41

3장 승전과 보상   85

4장 이계 상륙작전   109

5장 전장의 사신   143

6장 진정한 전쟁의 시작   177

7장 제국은 협상을 원한다   221

8장 황제를 죽여라   255

에필로그   303

1장
반격의 신호탄

　무장한 기사들과 병사들이 전방을 노려보며 숨을 죽였다. 하늘은 어두웠고 고요했다. 간혹 긴장한 이들의 거친 숨소리 고 침묵을 깼다.

　"깃발을 들어 올려라."

　키가 작은 장교가 차분한 목소리로 지시했다.

　옆에 있던 병사가 깃발을 들어 올렸다. 제국의 깃발이었다.

　"온다."

　누군가 말했다. 고요한 침묵 속에서 말발굽 소리가 점차 가까워졌다. 그리고 언덕 너머로 무장한 기마대가 모습을 드러냈다.

　그들은 왕국 연합의 깃발을 들고 있었다. 그들은 언덕 아래에서 방진을 갖춘 채 대기하고 있는 제국의 군대를 포착하고는 무서운 속도로 거리를 좁히기 시작했다.

"기마대를 상대로 저지대를 지킨다니…… 우리 위치를 잘못 잡은 게 아닐까?"

"지휘부의 명령이니 어쩔 수 없습니다."

"제기랄! 황제 폐하 만세!"

장교들의 대화였다.

인근의 부대가 차례대로 격파당한 탓에 그들이 소속된 부대의 사기도 좋지 않았다. 보급 상태가 좋았지만 3천의 기마대를 상대로 2천의 보병이 전부였다. 그마저도 절반은 척후 활동에 특화된 경보병이었다.

곧 왕국 연합의 기마대와 제국의 보병대가 충돌했다. 결과는 제국군의 처참한 패배였다. 수적으로도 열세였고 위치도 좋지 않았기 때문에 당연한 결과였다. 이들의 패전 소식은 제국 정찰총국을 통해 제국군 사령부에 보고되었다.

"892보병대가 전멸하고 중앙 전선이 후퇴했소."

제국군 사령관 렌칼 후작은 흐트러진 머리카락을 정돈하며 말했다. 그의 앞에 13기사회의 최고 기사인 발리안이 앉아 있었다.

"그걸 왜 저를 불러서 말하는 겁니까? 렌칼 후작."

"892 보병대와 함께 중앙 전선을 사수했던 소이드 경은 어디 간 것이오? 갑자기 모습을 감췄다는 게 마지막 보고였소."

책망하는 듯한 말투에 발리안은 기분이 나쁘다는 표정을

지어 보였다.

"지금 892보병대 전멸한 게 제가 독단으로 소이드 경을 빼내서 그렇다고 말하고 싶은 겁니까?"

목소리가 공격적이었다.

발리안의 성격은 결코 온화하지 않았다. 공격받는다 싶으면 바로 날카로운 성격을 드러내고는 했다.

"지원 협력을 약속했으면 갑자기 전투 병력을 빼는 건 말이 안 되는 일 아니오?"

"소이드 경은 황명을 수행하기 위해 극비리에 이동했습니다. 저는 이제 할 말이 없습니다. 렌칼 후작께서도 이 주제를 계속 이어가는 건 자신을 깎아내리는 것밖에 안 될 겁니다."

발리안이 말했다.

'황명'이라는 단어가 나오니 렌칼도 더는 따지지 못했다.

"소이드 경은 언제 돌아오는 것이오? 마찬가지로 중앙 전선을 지키고 있던 토벤 경과 하렌스 경도 보이지 않는다는 보고가 들어왔는데, 이것도 황명이오?"

"황명입니다. 그리고 언제 돌아올지는 나도 장담하기 힘듭니다."

"최대한 빨리 복귀시켜 주시오. 지금 왕국 연합과의 전선이 위태롭다는 것 정도는 발리안 경께서도 알고 있을 것이라고 믿소. 제국군의 기본 전술을 효율적으로 사용하려면 최정예 병력이 필요하오."

렌칼이 말했다. 발리안은 대답하지 않았다.

그 후로도 렌칼은 전선의 심각한 상황을 계속해서 설명했지만 얼마 지나지 않아서 다급히 그를 찾아온 전령 때문에 대화가 끝났다.

발리안도 제국군 사령관 집무실에서 복도로 나왔다. 대기하고 있던 갈색 곱슬머리의 기사가 따라붙었다. 그도 기사 여단의 갑옷을 입고 있었고 반지에는 '4'라는 숫자가 각인되어 있었다.

"피니어스냐?"

발리안의 물음에 그의 충직한 부관은 고개를 끄덕이며 입을 열었다.

"네. 접니다."

"이계로 보낸 침투조 4명이 모두 죽은 것 같다. 곧 특무군 사령부와 황제 폐하께도 보고가 올라가겠지만 일단은 너만 알고 있어라."

"기사 여단에서도 서열 10위 안에 들어가는 최정예 3명과 대마법사 1명이 당했다는 말입니까? 도대체 누구한테……."

복도를 지나다니는 사람들은 없었지만 피니어스는 목소리를 최대한 낮춰서 말했다.

"하얀 악마에게 당했을 확률이 매우 높다. 검성급 실력자라는 게 헛소문은 아닌 것 같다."

발리안이 심각한 표정으로 말했다. 검성은 강력한 전쟁 병기나 다름없었다. 혼자서 전투는 물론이고 전쟁의 판도를 바꾸어놓을 수 있었다.

"하얀 악마를 잡으려면 검성이 포함된 척살조를 보낼 필요가 있을 것 같군."

"주군…… 황제 폐하께서 움직일 수 있는 검성들은 일부를 제외하면 대부분 중요 전선에 투입된 상태입니다. 가용할 수 있는 검성은 이제 없습니다."

피니어스가 말했다.

발리안은 입술을 살짝 깨물었다.

"황제 폐하께 뭐라 말해야 할지 모르겠군."

근심이 깊어지고 있었지만, 해결 방법은 떠오르지 않았다.

❧

미국 정부는 뉴욕에서 벌어진 학살이 이계인에 의한 것이라고 공식적으로 발표했다.

전 세계는 충격에 빠졌다. 지금까지 이계인의 존재는 공식적으로 발표된 적이 없었다. 그들과 관련된 연합 위원회의 모든 작전도 비밀리에 진행되어 왔다.

-이계의 존재들이 어떤 기술력과 병력을 갖추었는지 확실하지는 않지만, 지금까지의 행동으로 볼 때 지구에 우호적인 게 아니라는 것 정도는 분명하게 알 수 있습니다.

백악관 대변인의 인터뷰 내용이었다. 전 세계인들은 경악했다. 국제 조약을 파기하고 헌터로 군대를 무장해야 한다는 헌터 무장론이 떠오르기 시작했다.

정철은 국제 상황을 잘 정리해서 성준에게 보고했다. 적대적인 이계의 존재가 밝혀지고 헌터 무장론이 떠오르면서 성준의 입지도 크게 올라갔다.

"어떻게 생각해? 헌터의 군 무장을 금지하는 국제 조약이 파기될까?"

성준이 정철을 보며 물었다. 그는 성준의 서재에서 보고를 끝낸 뒤, 서류를 정리하고 있었다.

"국제 조약이 파기되면, 당장 이계로부터 가장 큰 피해를 입은 미국과 러시아가 헌터 무장을 시작하겠죠. 헌터들이 포함된 군대는 이계의 군대를 상대할 때 큰 도움이 될 겁니다."

마물들을 상대할 때는 현대 화기로 무장한 군대가 제대로 힘을 발휘하지 못하지만, 제국의 인간 병력에게는 총탄이 통한다.

물론 정예 병력은 빗발치는 총탄을 뚫고 들어와서 군인들의 심장에 칼을 꽂겠지만 그들은 헌터들이 상대할 것이다.

"하지만 지금 당장은 국제 조약이 파기될 가능성은 적다고 생각합니다. 헌터들이 합류하면서 군부가 강한 힘을 얻는 것을 두려워하고 견제하고자 하는 정치인들도 많으니까요."

"어딜 가나 정치인들이 문제지. 지금 당장 이계의 군대가 쳐들어와도 이상하지 않을 정도인데…… 러시아에 '사냥터'가 생긴 걸 보고도 배우는 게 없나 봐."

성준은 짜증 섞인 목소리를 내뱉으며 고개를 저었다. 융통성 없는 정치인들 때문에 답답한 심정이었다.

"후우! 일단은 알았으니까, 가서 쉬어."

"백악관, 그리고 크렘린 궁전과 연락해서 방법을 알아보겠습니다. 국내 정치인들에게도 미리 공작을 해두겠습니다."

정철이 말했다.

그 믿음직스러운 모습을 보며 성준은 만족스러운 미소를 지었다.

정철이 서재를 나갔다. 차갑게 식은 커피를 마시며 30분 정도 휴식하던 그는 서재로 가까워지는 기척을 느끼고 고개를 들어 올렸다.

똑똑.

누군가 문을 두드렸다. 성준은 커피가 담겨 있는 머그잔을 옆으로 치우며 입을 열었다.

"제로스냐? 들어와."

"그럼, 실례하겠습니다."

제로스가 들어와서 성준의 앞에 앉았다.

"암호 해독이 끝난 거야?"

성준이 물었다. 암호 해독이 끝나지 않고서야 제로스가 찾아올 일이 없었다.

"암호 술식은 꽤 복잡했지만 제가 누굽니까? 이렇게 시간이 걸렸지만 결국은 완벽하게 해독하는 데 성공했습니다."

그는 자신감 넘치는 목소리로 말했다.

성준은 만족스러운 표정으로 고개를 끄덕였다. 제국 최고라는 이름을 가졌던 마도학자답게 일 처리가 확실했다.

"보여줘."

"알겠습니다."

성준이 손을 내밀었다.

제로스는 품속에서 기밀문서를 꺼내서 건네주었다.

"해독 작업을 다 끝내서, 강성준 경께서도 읽을 수 있을 겁니다."

받아든 기밀문서를 펼쳐 들었다. 처음 봤을 때는 이해할 수 없는 기호의 나열이었지만 지금은 그래도 이계어로 적혀 있어서 읽을 수 있었다.

"정찰총국의 보고서네……."

성준은 두 눈을 가늘게 뜨고 기밀문서를 읽기 시작했다. 앞부분만 봐도 정찰총국의 보고서라는 것을 쉽게 알 수 있었다. 전생에 그들의 보고서를 받아 본 적이 많아서 양식을 기억하고 있었다.

"마족 소환 계획이라고……? 제로스. 너 이거 읽어봤어?"

성준이 물었다. 기밀문서에는 충격적인 내용이 적혀 있었다.

"저도 읽어봤습니다. 종족 연합이 마족 군대를 소환하려는 징후를 포착했다는 정찰총국의 보고서였지요. 제국에서는 그 보고를 심각하게 받아들이지는 않은 모양입니다."

"보고서를 읽어보니까, 종족 연합이 아니라 뱀파이어 파벌에서 독단적으로 행한 것 같은데……?"

기밀문서의 절반을 읽었다. 놀라운 내용이 계속해서 쏟아져 나오고 있었다.

"계속 읽어보면 아시겠지만, 제국의 황제가 이걸 이용해 뱀파이어령으로부터 부당한 이득을 몇 번 취한 것 같습니다."

"그래서 제국에서도 이 보고서를 중요하게 다루지 않은 것 같네."

기사 여단에서도 서열 10위 안에 들어가는 기사 3명을 보내서 기밀문서를 회수하려고 했던 이유도 이제는 알 것 같았다.

"이 기밀문서에는 정찰총국의 위조 방지 문장이 새겨져 있습니다. 제국에 공개하면 반대파들이 명분을 얻을 수 있을 겁니다."

과거, 로우켈이 리도니아 대평원에서 목숨을 잃고 황제는 대대적인 숙청으로 피바람을 불러일으켰지만, 여전히 종족 연합과의 동맹을 좋지 않게 생각하는 반대파는 많았다. 그들 중에서도 강경파는 제국에서 반란군이라고 부르는 해방군이 되어 활동하고 있었다.

"조만간에 이계에 한 번 더 넘어가야겠네."

성준이 말했다. 이계로 넘어가서 해방군과 접촉해야만 했다. 부족한 정보는 길드를 이용해서 어느 정도 해결할 생각이었다.

해방군과 연결이 되면 리오딘 수정을 효율적으로 모을 방법이 생길지도 모른다고 생각되었다.

"저도 전력을 다해서 지원하겠습니다."

자신감 넘치는 목소리로 말하는 제로스를 보며 성준은 만족스러운 미소를 지어 보였다. 제로스가 서재를 떠나고 성준은 창가로 이동했다.

-주군. 정말로 뱀파이어 파벌이 마족을 소환할 거라고 보십니까?

리슈발트가 조심스럽게 물었다.

"그쪽 마물들은 마족이랑 친했으니까…… 불가능한 일도 아니지. 나는 충분히 가능성 있다고 생각해."

-그렇다면…… 고대의 대전쟁이 재발할 수도 있겠군요.

"충분히 가능한 일이야. 상황을 보니까, 아무래도 국제 조약 파기를 서둘러야겠네."

국제 조약이 파기되고 재무장한 군대가 이계로 넘어가서 해방군과 합류하면 제국을 압박할 수 있을 것이다.

킹스골드가 있으니, 왕국 연합의 조력도 얻을 수 있을지도 모른다. 그렇게 되면 제국을 '장악'할 수 있을 것이다.

"커헉!"

오크 제사장의 목이 꿰뚫렸다. 검성 둘이 지키고 있었지만, SSS급 헌터인 성준을 상대로 1분을 버티지 못하고 시체가 되어 있었다.

"흡수."

성준은 오크 제사장과 검성들의 시체에서 마력을 흡수했다. 얼마 지나지 않아서 시체가 사라지고 마정석이 드랍되었다. 성준은 그것들을 주워서 차원 주머니에 집어넣었다.

-공략 확인, 계측 완료. S급 던전을 클리어하셨습니다.

계측기가 반응했다.

"동조율은?"

-동조율이 84%가 되었습니다.

이번 S급 던전에 오기 전에 A급 던전을 3곳을 공략해서 그런지 동조율이 1% 상승했다. 성준의 입가에 미소가 번졌다.

그는 곧바로 던전을 나와 마정석을 매각한 뒤, 저택으로 돌아갔다. 차고에서 나오니 정철이 복도에 있었다. 스마트폰을 보고 있던 그는 성준의 인기척이 가까워지자 고개를 들어 올렸다.

"길드장님. 급히 보고드릴 게 있습니다."

"서재로 가서 얘기하자."

"알겠습니다."

성준은 정철과 함께 3층의 서재로 자리를 옮겼다. 성준이 자리 앉자 정철은 태블릿 PC를 꺼내 들어 확인하며 입을 열었다.

"소수 국가가 뜻을 모아 헌터 무장 반대 위원회를 결성했습니다. 여론몰이를 하는 중이라…… 국제 조약 파기에 장애물이 될 수도 있을 것 같습니다."

"소수 국가? 도대체 어디야?"

평화 단체의 시위는 예상했지만, 국가 단위의 반대에 부딪힐 줄은 몰랐기 때문에 성준은 어이가 없다는 표정이었다.

"저도 처음 듣는 국가명이 많았습니다. 여기 목록이 있으니, 확인해 보시길 바랍니다."

정철은 성준에게 태블릿 PC를 보여주었다. 헌터 무장 반대 위원회에 참가한 국가의 이름과 국기, 그리고 지도상 위치가 간단하게 정리되어 있었는데, 대부분이 국력이 약하거나 처음 듣는 곳들이었다.

"미국과 관계가 나쁘거나 내전 중이라는 게 공통점이었습니다."

"위원장은 있지?"

"그렇지 않아도 30분 전에 화상 통신 연결 요청이 들어와 있었습니다. 연결할까요?"

"지금 당장 연결해. 나는 먼저 상황실에 들어가 있을게."

서재에 연결된 밀실을 통해서 연합 위원회 상황실로 들어갈 수 있다. 그곳에는 연합 위원회의 업무를 처리할 수 있는 시설이 마련되어 있었다.

성준이 먼저 발걸음을 옮겼고 정철도 태블릿 PC를 만지면서 뒤따라 들어왔다.

"연결하겠습니다."

정철이 말했다. 그는 성준이 고개를 끄덕이자 화상 통신을 연결시켰다. 모니터가 켜지면서 이국적인 외모를 한 위원장의 얼굴이 나타났다.

"통역은?"

"음성을 인식하여 자막으로 처리될 겁니다."

"좋아."

정철의 대답에 성준은 만족스러운 표정으로 고개를 끄덕였다. 그러고는 위원장이 있는 모니터를 향해 시선을 옮겼다.

위원장이 먼저 입을 열었다.

"연합 위원회의 수장이 SSS급 헌터로 유명한 강성준 씨일 줄은 몰랐습니다."

의외라는 표정이었다. 성준이 연합 위원회를 이끌고 있다는 사실은 소수만 알고 있었다. 이번 일에도 대리인을 내세울 수도 있었지만 직접 나서는 게 더 효과가 있을 것이라고 판단했기에 화상 통신 요청에 응했다.

"서론은 접어두고 본론부터 말하세요."

서론을 듣는 것으로 시간을 낭비할 생각이 없었다. 가능하면 본론부터 말해줬으면 싶은 마음에 성준은 날카로운 목소리로 말했다.

카메라와 스피커를 통해 전달되었지만, 그의 목소리에서 묻어 나오는 불쾌한 감정은 쉽게 숨겨지지 않았다. 위원장의 표정도 좋지 않았다.

"왜 반대하는 겁니까?"

위원장이 먼저 말하지 않자 성준이 재차 물었다.

"미국과 러시아의 군대가 헌터 병력으로 재무장을 하게 되면 군사력이 너무 막강해집니다. 자칫 잘못하면 세계 대전이 터질 수도 있습니다……!"

그들은 미국의 군대가 더 강해지는 것을 두려워하고 있었다. 국제 조약이 파기되면 세계의 모든 국가가 헌터 무장을 하게 되겠지만 세계 최대의 헌터 보유국인 미국과 중국, 러시아 등과 비교하면 초라한 수준이었다.

"이번에 뉴욕에서 있었던 일은 들었죠?"

"물론입니다. 온종일 뉴스에 나오는데 모를 리가 없지요."

"차원 관문이 생성되는 지역은 무작위라는 것도 알고 계시겠네요……?"

"그, 그건……."

위원장의 대답에 성준은 한숨을 내쉬며 고개를 저었다. 답이 없을 정도로 멍청한 놈들이었다.

그는 이윽고 한심하다는 시선을 보내며 입을 열었다.

"위원장님의 국가에 이계의 군대가 상륙한다면 막을 자신이 있습니까?"

성준의 물음에 위원장은 쉽게 대답하지 못했다. 헌터 무장 반대 위원회에 가입된 국가들은 레이드 상황 하나 막는 것도 힘들어했다.

"딱, 한마디만 하겠습니다. 계속 이런 식으로 나오면 연합 위원회의 지원은 기대하기 힘들 겁니다."

단호하게 말했다.

위원장은 굳은 얼굴로 성준을 응시했다. 성준은 결정타를 날렸다고 생각했다. 이제 위원장의 대답은 정해져 있는 것이나 다름없었다.

"지금 연합 위원회의 힘을 남용하겠다는 겁니까?"

"내가 냉정하게 말해줄게요."

슬슬 답답했다. 성준의 목소리가 더욱 날카로워졌다. 그동안 성질을 너무 죽이고 살았나 싶은 생각이 들기도 했다. 조용하게 살려고 했는데, 이렇게 시비를 걸어올 줄이야…….

성준은 강하게 나가기로 마음먹었다.

"이계에 대한 인식이 좋지 않은 지금 상황에서 미국과 러시아, 그리고 전 세계가 누구의 말을 들을 것 같습니까? 헌터 무장을 반대하는 소국 연합? 아니면…… 뉴욕과 모스크바를 구한 영웅? 잘 생각해 보세요. 시간은 많이 주지 않을 겁니다."

할 말을 끝낸 성준은 망설임 없이 화상 통신을 종료했다.

"훌륭합니다! 역시 길드장님이십니다. 저쪽에서 주도권을 잡았다면 식량 같은 걸 원조해 달라고 요구받았을 겁니다. 잘 처리하셨습니다."

카메라의 사각지대에서 모든 것을 지켜보고 있던 정철이 강한 지지의 뜻을 보내왔다.

성준은 대답 대신 고개를 끄덕였다.

"동조율은?"

성준은 보스인 S급 마물의 시체가 사라지고 드랍된 마정석을 집어 들며 물었다.

-그대로입니다.

"A급 던전 두 번 정도로는 무리였나……."

그는 아쉬운 표정으로 고개를 저었다. 혹시나 하는 마음에 '차원 열쇠'를 꺼내 확인했다. 검은 열쇠에 붙어 있는 보라색 마정석이 빛나고 있었다. 마력 충전이 끝났다는 뜻이었다.

-오늘의 던전 공략은 여기까지입니까?

차원 열쇠의 마정석이 빛나는 것을 확인한 리슈발트가 물었다.

성준은 고개를 끄덕이며 입을 열었다.

"일단 돌아가자."

그는 저택으로 돌아갔다. 이번에는 제니퍼가 성준을 기다리고 있었다. 정철은 국제 조약 파기 문제 때문에 잠시 미국에 출장을 가 있었기 때문에 제니퍼가 관련 업무를 대신 맡아서 처리하고 있었다.

"오늘 헌터 무장 반대 위원회와 화상 통신이 예정되어 있습니다."

"준비는 어떻게 되었습니까?"

"끝났습니다. 상황실로 이동하시면 바로 연결 가능합니다."

제니퍼의 말에 성준은 고개를 끄덕이고는 3층 서재의 밀실을 통해 연합 위원회 상황실로 들어섰다. 성준의 의자에 앉자 제니퍼는 화상 통신을 연결했다. 커다란 모니터에 위원장의 얼굴이 나타났다.

그는 성준의 얼굴을 확인하더니 심각한 표정으로 입을 열었다.

"우리 '헌터 무장 반대 위원회'는 어젯밤에 결정을 내렸습니다."

"말하세요."

"우리는 강성준 위원장의 뜻을 따르기로 했습니다. 내일 위원회 해체를 공식 발표할 겁니다."

"현명한 결정을 내린 겁니다."

성준은 희미한 미소와 함께 대답했다. 만족스러운 결과였다. 화상 통신이 끝나고 상황실을 나와 서재로 돌아갔다.

"제니퍼, 오늘 화상 통신 내용을 미국에 전달해 주세요."

의자에 앉으며 성준이 말했다. 러시아에는 따로 전달할 필요가 없었다. 대통령인 표트르가 미국과 일하는 사람이기 때문이었다.

"알겠습니다."

제니퍼는 성준의 지시대로 미국에 화상 통신 내용을 전달했다. 백악관에서 제니퍼의 보고를 전달받은 에이든은 크게 기뻐했다. 그리고 즉시 행동했다. 표트르의 러시아 또한 함께했다. 그들은 국제 사회를 압박하였고 헌터의 군 무장을 규제하는 국제 조약을 무너뜨렸다.

뉴욕이 공격당하고 한 달 만의 쾌거였다. 이게 사태가 해결되면 군에 소속된 헌터들은 민간인 신분을 되찾기로 되어 있기 때문에 완전한 파기는 아니었다.

미국과 러시아는 즉시 모병을 시작했다. 다수의 헌터들이 군에 고용되었고 이계에 대한 공격과 방어 목적의 특수군이 창설되었다.

대한민국과 세계의 국가들 또한 가만히 있지 않았다. 모두 국고를 털어 헌터들을 모병했다.

그리고 이계에 대항할 수 있는 강력한 군대가 완성되었다.

엘프령의 대표이자 하이 엘프 로드인 나이아스가 머무는 세계수 궁전으로 모여드는 검은 그림자들이 있었다. 그들은 뱀파이어령의 성혈 기사단원들이었다. 그들은 '하얀 악마' 습격 실패로 큰 피해를 입었지만 전멸한 것은 아니었고 비밀리에 인원을 충원했다.

그 결과, 예전만큼은 아니었지만, 어느 정도 전력을 회복할 수 있었다. 세계수 궁전으로 깊숙이 침투한 이들 중에는 무려 성혈 기사단장을 맡고 있는 켈트헤임 대공도 있었다.

"경비들은 모두 제거했습니다."

먼저 행동했던 성혈 기사단의 후작 2명과 백작 1명이 합류하여 보고했다.

그들의 임무는 세계수 궁전의 경비들을 제거하는 것이었고,

훌륭하게 완수했다. 켈트헤임은 만족스러운 표정으로 고개를 끄덕였다.

"이제 남은 것은 하이 엘프 근위대뿐인가?"

켈트헤임이 물었다. 경비들을 제거했던 이들의 조장을 맡은 성혈 기사단 후작이 차분한 표정으로 입을 열었다.

"네. 20명 정도 되는 근위대원들이 하이 엘프 로드, 나이아스가 머무르고 있는 저택을 지키고 있습니다. 경계가 삼엄해서 교전은 피할 수 없을 것 같습니다."

"어쩔 수 없지. 후속 병력이 도착하기 전에 최대한 빨리 처리하고 세계수 궁전에서 이탈하면 되는 것이다."

켈트헤임의 목소리에서 자신감이 넘쳤다. 확실하게 처리하기 위해서 그가 직접 움직인 것이었다.

"가자."

30명의 성혈 기사단이 저택을 향해 움직였다. 어둠을 누비는 그들을 하이 엘프 근위대원들은 눈치채지 못했다. 그리고 전투가 벌어졌다.

"크아아아악!"

"으아아아악!"

강력한 혈마법이 하이 엘프 근위대를 향해 쏟아졌다. 그것을 시작으로 시작된 치열한 전투는 10분이 지나기도 전에 끝이 났다.

켈트헤임의 무력이 워낙 뛰어나기도 했고 완벽한 기습이었기 때문에 성혈 기사단의 피해도 적었다.

"경종이 울렸습니다. 궁전 경비대가 소집되었을 겁니다."

성혈 기사단원 한 명이 말했다. 하지만 켈트헤임은 당황하지 않았다.

"여기까지 오려면 시간이 걸릴 거다. 그전에 나이아스를 죽일 수 있다."

그들은 침실로 이동했다. 나이아스는 종족 연합의 대표 중에 가장 약했다.

그런 그녀를 지키는 근위대원은 이제 겨우 3명이 남아 있을 뿐이었다. 그들은 켈트헤임이 검을 한 번 휘두를 때마다 한 명씩 쓰러졌다. 마침내 켈트헤임의 시선이 나이아스에게 닿았다.

"결국, 여기까……."

"시간이 없다. 죽어라."

켈트헤임은 나이아스의 말을 끝까지 듣지도 않았다. 그가 휘두른 검이 하이 엘프 로드의 몸을 반으로 쪼갰다.

엘프 대표를 맡고 있는 하이 엘프 로드, 나이아스가 목숨을 잃으면서 엘프령은 충격에 빠졌다. 세계수 궁전의 출입이 제한

되고 조사가 진행되는 상황에서 같은 파벌의 드워프 국왕, 레드비어가 방문했다.

"먼 길 오시느라 고생이 많으셨습니다. 사정이 여의치 않아서 환영 인파가 적은 점……. 양해 부탁드립니다."

"기쁜 일로 방문한 것도 아닌데, 환영 인파는 이 정도면 충분하다네."

그를 맞이한 이는 다음 하이 엘프 로드로 내정된 엘로아였다. 그녀는 다수의 수행원과 함께였다.

나이아스의 암살 이후, 엘프 대표를 맡게 될 엘로아에 대한 경호는 최고 수준으로 강화되어 있었다.

"드워프 마도학자들을 요청하긴 했지만, 직접 찾아오실 줄은 몰랐습니다."

"파벌에 이런 참사가 발생했는데, 당연히 내가 직접 와야 하지 않겠는가?"

레드비어는 대장장이였지만 뛰어난 마도학자이기도 했다. 스스로도 이번 조사에 도움이 될 것이라고 생각했기 때문에 따라나선 것이었다.

종족 연합에서 엘프와 드워프는 같은 파벌이었고 서로의 이익을 위해 교류도 많이 하고 있어서 관계가 좋은 편이었다. 서로를 향해 숨긴 칼을 겨누고 있는 종족 연합에서 믿을 만한 파벌을 만든다는 건 중요한 일이었다.

"감사합니다."

엘로아는 고개를 살짝 숙였다. 그리고 수행원 중 한 명을 시켜서 레드비어와 드워프 마도학자들을 숙소로 안내하게 했다. 조사는 다음 날부터 시작되었다.

일주일 동안 드워프령과 엘프령의 우수한 마도학자와 마법사들로 구성된 조사대가 세계수 궁전을 철저하게 조사했다. 그리고 일주일 만에, 레드비어가 홀로 엘로아의 집무실을 방문했다.

"조사가 끝났다네. 공식적인 보고서는 지금 작성 중이네만……. 궁금해할 것 같아서 이렇게 내가 먼저 왔다네."

"배후는 누구인가요?"

"알아낼 수 없었다네."

"조사가 끝났다는 건 배후를 알아냈다는 게 아니었어요?"

"이번 경우에는 반대라네……. 배후를 알아내지 못했기 때문에 조사를 중단할 수밖에 없었지."

레드비어가 말했다. 조사 결과를 전하는 그의 마음도 편치 않았다.

"확실한 물증은 없었지만, 배후는 왕국 연합이나 제국이 아닌, 종족 연합 내부……. 그것도 뱀파이어 파벌 쪽일 확률이 높다고 생각하네."

"그렇게 짐작하는 이유가 있으신가요?"

엘로아가 조심스럽게 질문을 던졌다. 다른 파벌이라고는 하지만 같은 종족 연합의 구성 세력을 의심한다는 것은 결코 가벼운 문제가 아니었다.

"우선은 경비들이 순식간에 당한 흔적을 보니, 적은 세계수 궁전의 구조에 대해 잘 아는 게 분명하네. 엘프들이 그랬을 리는 없으니, 얼마 전에 방문했던 뱀파이어령이 의심된다네. 그리고 내가 알기로는 최근 나이아스가 뱀파이어령을 조사하고 있었던 걸로 알고 있네."

"'제거' 당한 것이군요."

"어디까지나 '의심' 단계이지만 말이야."

레드비어는 의심 단계라고 말했지만 이미 엘로아는 '확정', 결론을 내린 표정이었다.

"이계로 넘어갈 생각이십니까?"

제로스가 물었다. 성준은 공방에 설치된 차원 관문 앞에서 스크롤과 아이템을 점검하고 있었다.

"국제 조약 문제가 해결되었고, 세계 각국의 군대가 헌터로 중무장했으니까 이제 리오딘 수정을 모아야지."

"훌륭한 생각이십니다. 충분한 수의 리오딘 수정만 확보된다면 군대 단위의 전송이 가능한 영구적인 차원 관문을 만들

수 있습니다."

자신감 넘치는 목소리였다. 성준은 만족스러운 표정으로 고개를 끄덕여 보인 뒤, 차원 관문을 향해 몸을 돌렸다.

"다녀올게. 무슨 일 있으면 정철이나 한석이한테 상담해."

두 사람은 믿을 수 있었다. 제로스가 고민이 있거나 실험 및 연구에 문제가 생긴다면 잘 해결해 줄 것이라 믿었다.

"알겠습니다. 조심히 다녀오세요."

제로스가 말했다.

성준은 희미한 미소를 지어 보인 뒤, 차원 관문으로 걸어 들어갔다. 백색의 섬광이 그를 덮쳤다. 하얗게 물든 시야가 정상으로 돌아왔을 땐 더 이상 제로스의 비밀스러운 마법 공방이 아닌 낯선 숲속이었다.

-이번에도 숲속이군요.

리슈발트가 말했다.

성준은 고개를 끄덕이며 입을 열었다.

"이동 수단이 있으면 좋을 텐데……."

주변을 둘러보았지만 타고 다닐 만한 건 없었다. 그는 짧은 한숨을 내쉬고는 북쪽으로 발걸음을 재촉했다. 다행히 얼마 지나지 않아서 도시를 발견하게 되었다.

-조금 더 가까이 가봐야 알겠지만 테렌시아 중심 도시인 것

같군요.

"이번에는 시작 지점이 좋지 않은 것 같아."

-그런 것 같습니다. 테렌시아 중심 도시는 지난번에 공격을 받았기 때문에 경계가 강화되어 있을 겁니다.

성준은 눈살을 찌푸렸다. 경계가 강화되어 있다는 것을 알았지만 마땅한 이동 수단이 없기 때문에 코앞에 있는 테렌시아 중심 도시를 방문할 수밖에 없었다. 그나마 다행인 점은 그가 가지고 있는 위조 신분패가 최고 등급이라는 사실이었다.

"트러블이 없기를 바라야겠네."

혼잣말과 함께 성준은 검문소를 향해 발걸음을 옮겼다.

얼마 전에 도시가 공격당한 탓일까? 성문 앞의 검문소에는 이전보다 훨씬 많은 수의 병력이 배치되어 있었다. 기사만 해도 5명이었고 중무장한 병사 30여 명이 대열을 갖춘 채 대기하고 있었다.

-테렌시아 지방군입니다. 영주가 인근의 지방군 주둔지에 지원을 요청한 것 같습니다.

리슈발트가 말했다. 도시 주변에는 지방군 주둔지가 위치한 경우가 많았다. 이들은 유사시에 영주나 지방군 사령관의 명령을 받고 도시를 지원하게 된다. 테렌시아 중심 도시 같은 경우에는 얼마 전에 공격을 받았기 때문에 군부에 비상사태가 발령된 모양이었다.

"신분패를 보여주시겠습니까?"

기다리기 시작한 지 30분 정도가 지났다. 차례가 다가오자 경비병으로 보이는 남자가 다가와 물었다. 성준은 위조 신분패를 꺼내서 그에게 건넸다.

"문제없습니다. 통과하셔도 됩니다."

신분패가 최고 등급이라는 걸 확인한 병사는 긴장한 표정으로 서둘러 통과를 외쳤다. 덕분에 성준은 테렌시아 중심 도시로 들어설 수 있었다.

-광장의 워프 게이트를 이용해서 다른 도시로 이동하는 게 좋지 않겠습니까?

"워프 게이트가 통제되고 있겠지만, 정보도 얻을 수 있으니……. 나쁘진 않은 선택이네."

-그렇습니다. 광장의 게시판만 확인해도 많은 정보를 얻을 수 있습니다.

모험가가 정보를 얻는 곳 중 하나가 광장이었다. 나머지는 여관이나 길드 같은 곳이었다.

-게시판입니다.

광장에 들어서기 무섭게 리슈발트가 손가락 끝으로 어딘가를 가리켰다. 성준은 고개를 돌렸다.

그곳에 게시판 몇 개가 보였다. 용병으로 보이는 사람들이 그 앞에 모여 있었다. 성준은 눈동자를 움직여 주변을 빠르게 살핀 뒤, 용병들 사이로 파고들었다. 이윽고 게시판에 적힌 글자가 눈에 들어왔다.

[제국이 반란군의 '붉은 숲' 거점을 포위 중!]
[제국군과 함께 명예로운 전장에 설 용병 모집 중!]
['붉은 숲'의 저항이 심해지고 있음. 용병으로 합류할 시 우대.]

게시글 대부분이 '붉은 숲'의 반란군이라는 한 가지 주제를 다루고 있었다.

"'붉은 숲' 반란군 거점은 규모가 크다고 들었는데, 용케 제국군에서 포위했네요?"

"테렌시아 중심 도시도 공격받았으니까 가만히 놔둘 수 없다고 생각했나 봐. 듣기로는 13기사회에서 검성까지 지원 보냈다고 하더군."

"반란군 쪽에도 검성이 한 명 있어서 쉽지는 않은 모양이야."

마침 타이밍 좋게 용병 몇 명이 붉은 숲의 반란군에 관한 대화를 나누고 있었다.

성준은 그들과 적당히 거리를 벌린 채 마력을 운용하여 청각을 끌어 올렸다.

5분 정도 듣고 있으니 충분할 정도는 아니지만, 어느 정도 정보를 얻을 수 있었다. 성준은 생각을 정리하며 인파에서 멀어졌다. 그는 광장 근처의 골목길로 들어갔다.

-어떻게 하시겠습니까?

리슈발트가 물었다. 성준은 차분한 표정으로 입을 열었다.

"도와야지."

고민할 필요도 없었다.

-훌륭한 선택이십니다. 해방군의 거점을 돕고 그들과 접촉하여 우호적인 관계를 만든다면 안정적으로 양질의 정보를 공급받을 수 있을 겁니다. 그리고 가능성은 적지만 그들이 '리오딘 수정'이 있는 장소를 알거나 혹은 보관하고 있을 수도 있습니다.

리슈발트의 목소리가 조금은 들떠 있는 것 같았다. 해방군을 도우면서 과거에 인연이 닿았던 전우들을 만날 수도 있다고 생각한 모양이었다. 그리고 그것은 성준도 마찬가지였다. 스스로가 로우켈이라는 것을 말할 수 없고, 밝힌다고 해도 그 누구도 믿지 않겠지만 오랜만에 얼굴을 보기만 하더라도 좋을 것 같았다.

-바로 이동하시는 게 좋을 것 같습니다. 포위가 진행된 걸 보면 시간이 많지 않습니다.

리슈발트가 말했다. 성준은 대답 대신 고개를 끄덕였다. 그러고는 마구간을 향해 발걸음을 재촉했다. '붉은 숲'은 테렌시아 중심 도시와 가장 가까웠다. 굳이 다른 도시를 통할 필요가 없었다.

마구간에 도착한 그는 튼튼한 말을 구입한 뒤, 테렌시아 중심 도시를 떠나 '붉은 숲'이 있는 북쪽으로 향했다.

테렌시아 중심 도시와 그나마 가깝다고는 하지만 말을 타고 꽤 달린 끝에 늦은 밤이 되어서야 경계에 도착할 수 있었다. 언덕 너머로 제국군의 임시 주둔지가 언뜻 보였다.

-어떻게 하시겠습니까?

"지금부터 도보로 이동하려고. 은신 상태로 포위를 넘을 생각이야."

-용병으로 위장하는 게 좋지 않겠습니까? 그러면 제국군과 함께 해방군 거점까지 쉽게 이동할 수 있을 텐데요?

일리 있는 말이었고 편한 방법이었지만 치명적인 리스크가 하나 있었다. 성준은 고개를 저으며 입을 열었다.

"신분패 사용 기록이 남아서 안 돼."

그는 말에서 내렸다. 그리고 왔던 방향으로 돌려보냈다. 성준은 말이 시야에서 사라지는 것을 확인한 뒤에서야 움직였다.

"은신."

성준의 몸이 어둠 속으로 녹아들었다. 그는 기척을 죽인 채 발걸음을 재촉했다.

붉은 숲의 경계를 지키는 제국군 병사들은 성준의 침입을 눈치채지 못했다. 망루의 마법사 또한 마찬가지였다.

붉은 숲으로 진입하는 경계 부분에는 소수의 병력이 긴 포위진을 형성하고 있었지만, 숲속으로 깊숙이 들어갈수록 순찰 도는 기사들과 병사들의 모습이 더 자주 보였고 그 수도 많았다.

-순찰 도는 병력들의 깃발이 모두 다릅니다. 최소 다섯 개 이상의 제국군 사단이 동원되었을 겁니다.

"제국군 사단 편제는 1만 명이니까 최소 5만 명인가……? 아냐, 붉은 숲은 넓으니까 더 동원되었을 거야."

성준이 말했다. 깊숙이 침투하면서 마력을 아끼기 위해 은신은 해제한 상태였다.

붉은 숲은 넓었기 때문에 은신 상태를 유지한 채 탐색하는 것은 성준이라고 해도 조금 부담스러웠다.

-보병 사단에서도 공격 깃발을 가지고 있는 부대를 발견했습니다. 뒤따르면 거점으로 갈 수 있을 것 같습니다.

잠시 정찰을 다녀온 리슈발트의 보고였다. 성준은 입꼬리를 끌어 올렸다.

'드디어 때가 됐다!'

2장
조우

　리슈발트가 말한 공격 부대를 발견한 성준은 다시 은신. 그들의 뒤로 따라붙었다. 100여 명 정도 규모의 공격 부대에서 성준의 미행을 알아차릴 만한 실력자는 없었다.

　30분 정도를 뒤따라 걷자 희미하지만 전장의 소음을 전해 들을 수 있었다. 그리고 30분을 더 걷자 전장에 도착했다.

　제국군 군복을 입은 이들과 해방군의 복장을 한 이들이 뒤엉켜 싸우고 있었다. 누가 봐도 해방군이 밀리고 있었다.

　"총원 전투태세!"

　제국군 장교가 지시했다. 기사들이 검을 뽑아 들고 병사들은 적들을 향해 창을 겨눴다.

　-주군께서 나설 차례입니다.

리슈발트가 말했다. 성준은 은신이 풀리지 않을 정도로 은밀하게 검을 뽑아 들었다. 공격 부대가 돌격하기 전에 그들의 중앙으로 파고들었다.

"폭풍검."

은신이 해제되면서 사방에 검풍이 휘몰아쳤다. 평기사와 병사들이 상대였기 때문에 '폭풍검' 정도면 충분했다.

"크아아악!"

"으아아악!"

100명이 넘는 기사들과 병사들이 단 한 번의 응용 검술에 의해 무력하게 쓰러졌다. 그들이 흘린 피가 차가운 땅을 적셨다.

"후방에서 적의 기습이다!"

하나의 부대가 전멸했다. 한발 늦기는 했지만, 기습을 알아차리지 못할 리가 없었다. 후방에 위치한 예비대가 본진을 방어하기 위해 움직였다.

"일격에 보병 1백이 몰살당했다! 적은 강력하다! 긴장을 놓지 마라!"

제국군 장교가 지시했다. 2백의 예비대 병력이 성준을 향해 무기를 겨눴다. 수십의 기마대가 포함되어 있었고 소수이기는 하지만 마법사들도 있었다. 그들은 캐스팅을 끝내고 마법을 완성했다.

"파이어 캐논!"

"라이트닝 스피어!"

2개의 상위 마법이 먼저 성준을 노렸다. 그는 차분하게 검을 휘둘러 전격의 창과 불덩이를 베었다.

"사, 상위 마법을 베었다고?"

"기마대 돌격! 시간을 벌어라! 통신병은 특무군에 지원을 요청해라! 일반 부대가 감당할 수 없는 적이다!"

일반 부대가 시간을 벌면서 적을 소모시키고 특무군과도 같은 정예 부대가 나서서 결정타를 가하는 것은 제국의 주요 전술 중 하나였다.

"슬래시!"

검을 휘두르며 시동어를 내뱉자 거대한 오러 참격이 기마대를 노렸다.

"피, 피해라!"

기마대 지휘관이 외쳤다. 하지만 이미 늦었다. 참격이 날아오는 속도는 생각보다 빨라서 금세 기마대를 덮쳤다. 선두의 20명의 상체와 하체가 분리되었다. 몇몇은 황급히 피했지만, 돌격 대형이 완전히 무너지고 말았다. 성준은 두 눈을 날카롭게 빛내며 그들에게 달려들어서 검을 휘둘렀다. 기마대는 순식간에 전멸했고 뒤이어 달려온 보병들도 잔혹하게 살해당했다.

-역시 주군이십니다

리슈발트가 감탄했다. 성준은 차분한 눈동자로 주변을 살피며 입을 열었다.

"방심하지 마. 리슈발트……. 다 피라미들이야. 아직 정예 병력이 안 나왔어."

제국의 주력이라고 할 수 있는 정예들이 나타나지 않았다. 특무군이나 기사 여단 등으로 구성된 정예 병력은 일반 부대 와는 차원이 달랐다.

"제4예비대가 전멸했습니다!"

"제6예비대와 제7예비대를 후방으로 투입해라! 특무군은 언 제 도착하는가?"

"제11거점에서 일등 살수 다섯과 이등 살수 셋이 출발했습 니다! 곧 도착합니다!"

"오오! 그 정도면 적을 격퇴하고도 남겠군!"

특무군의 지원 소식에 지휘관의 표정이 밝아졌다. S급 상위 로 분류되는 일등 살수가 다섯에 A급 상위인 이등 살수가 셋 이면 작은 도시 하나를 뒤흔들 수 있는 강력한 전력이었다. 지 휘관은 특무군 유령 부대가 도착하면 적을 모두 쓸어버릴 것 이라 믿어 의심치 않았다.

하지만 그것은 착각이라는 것을 얼마 지나지 않아서 깨달 아야만 했다.

"특무군이 도착했다!"

제6예비대와 제7예비대의 병력 수백 명 중 절반이 피를 흘리며 쓰러진 뒤에서야 특무군 유령 부대의 살수들이 도착했다. 필사의 각오로 전투에 임했던 병사들은 정예군의 등장에 환호했다.

"뒤로 물러나라!"

장교의 지시에 병사들이 일사불란하게 뒤로 물러났지만, 포위진을 풀지는 않았다.

여덟 명의 살수들은 성준을 포위했다. 5명의 일등 살수들이 앞장섰고 3명의 이등 살수들은 2열에서 지원 위치를 잡았다.

"이제 끝났군."

부대 지휘관이 말했다. 근처에 있던 다른 장교들도 고개를 끄덕였다. 그들이 보기에도 완벽한 포위합격진이었다.

살수들은 서로 짧은 수신호를 교환했다. 그러고는 성준을 향해 암기를 투척하며 달려들었다.

날카로운 단검이 어둠 속에서 번뜩였다. 투척 순간에는 8개에 불과했지만, 성준의 근처에 도달했을 때에는 80개가 넘었다.

-주군! 유도 마법진이 각인되어 있습니다!

옆으로 빗나갈 것 같은 암기들도 성준을 향해 궤적을 틀었다. 리슈발트는 한눈에 유도 마법진의 존재를 알아채고 경고했다. 하지만 그건 무의미한 행동이었다.

성준은 침착하게 검을 휘둘렀다. 휘둘러진 검이 일으킨 바람이 100개에 가까운 암기들을 모조리 쳐냈다.

"이, 이럴 수가? 관통 마법과 가속 마법이 부여된 암기 투척을 저렇게 막아냈다고?"

"아직 모릅니다! 살수들의 공격은 끝난 게 아닙니다!"

지휘부의 장교들은 동요했지만, 여전히 살수들의 승리를 믿어 의심치 않았다. 그런 상황에서 본격적인 전투가 시작되었다.

조장급으로 보이는 일등 살수가 가장 먼저 달려들어서 검은 가루를 뿌렸다. 성준은 어렵지 않게 피했지만 검은 가루가 지나간 곳이 어둡게 물들었다.

다른 살수들도 검은 가루를 마구 뿌렸다. 주변이 밤하늘보다 더욱 어둡게 변하자 조장이 오러가 깃든 단검 두 자루를 휘두르며 접근했다.

"느려."

차가운 목소리가 어둠을 꿰뚫었다. 그는 조장의 검격을 모조리 피하며 검을 들어 올렸다. 내찌른 검이 조장의 복부를 관통했다.

"커헉!"

복면 옆으로 피가 주르륵 새어 나왔다. 검을 뽑아내자 조장의 몸이 무너지듯 쓰러졌지만, 살수들은 동요하지 않았다. 그들은 수신호를 교환하며 진형을 바꾸었다. 폭풍과도 같은 공세가 이어졌다.

"몰아붙여!"

"검을 회수할 시간을 주지 마라!"

단검이 휘둘러지고 근거리에서 투척된 암기가 허공을 꿰뚫었다.

"오오! 역시 특무군 유령 부대다!"

"압도하고 있어!"

지휘부의 장교들이 들뜬 목소리로 외쳤다. 멀리서 보기에는 살수들의 연격 때문에 성준이 꼼짝 못 하고 있는 걸로 보였다. 하지만 실상은 반대였다.

'합격을 모두 피하고 있다고?'

살수들의 공통된 생각이었다. 그들은 전력을 다해 합격을 펼치고 있었지만 성준은 너무나 여유롭게 피하고 있었던 것이었다. 칼날의 끝이 성준의 옷깃조차 스치지 못했다.

"지, 지원군을…… 컥!"

성준이 휘두른 검에 일등 살수의 목이 베였다.

그는 동료들의 엄호를 받으며 황급히 뒤로 물러났지만 이어서 투척된 단검이 가슴에 꽂히자 비틀거리며 쓰러졌다. 다른 살수들도 휘둘러진 검에 모두 피를 쏟으며 쓰러졌다.

"사, 살수들이 전멸했습니다!"

지휘부의 누군가 말했다. 그들의 눈으로 전투 과정은 볼 수 없었지만, 살수들이 전멸했다는 결과 정도는 알 수 있었다.

"이쪽으로 오고 있습니다!"

"모든 기마대는 회군해서 지휘부 호위대와 합류해라!"

장교들이 바쁘게 움직였다. 하지만 기마대가 합류하기도 전에 성준은 호위대를 돌파하고 지휘부를 쓸어버렸다.

-제국군 지휘부가 전멸했다! 해방군은 전진하라!

'킹스골드'의 내장된 스킬인 '호령'이었다.

"제국군 지휘부 전멸 사실을 확인했습니다!"

"수비대장님! 지시를 내려주십시오!"

"전 병력은 공격 진형을 갖추고 반격한다!"

해방군 붉은 숲 거점의 수비대장은 신속하게 판단을 내렸다. 그는 수비 진형을 갖춘 채 방어를 이어가던 거점 수비 병력에게 공격 명령을 내렸다. 해방군 병력이 반격을 위해 움직이기 시작했다.

"제국군은 물러나지 않는다!"

독하게도 제국의 병력은 전황이 뒤집혔음에도 불구하고 끝까지 물러나지 않았다.

그러나 지휘부를 잃은 군대가 할 수 있는 건 얼마 없었다. 그들은 해방군에 의해 각개 격파당해 전멸했다. 살아남은 소수는 포로가 되었다.

"끝났다."

성준은 사제복에 묻은 피를 대충 털어낸 뒤, 로엘을 반지로 변형시켰다.

리슈발트는 주변을 빠르게 살피더니 입을 열었다.

-제대로 생각이 박힌 지휘관이라면 곧 주군을 찾아올 겁니다.

그의 예상대로였다. 10여 명의 인원이 지휘 깃발을 앞세운 채 성준의 앞으로 달려왔다. 그들은 일제히 말에서 내렸다. 그러고는 성준을 향해 고개를 숙이며 예의를 갖추었다.

"거점 수비대장을 맡고 있는 아피켈입니다. 지원해 주서서 감사합니다. 경이 아니었다면 저희 방어선은 돌파당했을 겁니다."

아피켈은 정중한 자세를 보였다. 조금 전의 전투에서 성준이 얼마나 강력한 무력을 보유하고 있는지 보았기 때문이었다. 게다가 해방군을 도와주기도 했으니, 은인에게 무례하게 대할 수는 없었다.

"실례가 되지 않는다면, 경의 성함을……."

"강성준이라고 불러주세요."

성준은 '제임스'라는 가명을 사용하는 대신 본명을 밝혔다. 어차피 차원 관문이 완성되고 지구의 군대가 상륙할 때 그들의 도움을 받으려면 본명을 밝혀야만 했다.

"강성준…… 혹시 '이계'에서 오신 분이십니까?"

'강성준'이라는 이름은 이곳에서 흔한 게 아니었다.

아피켈의 물음에 성준은 고개를 끄덕이며 입을 열었다.

"그렇습니다. 이곳에서는 '하얀 악마'라는 이름이 더 익숙하게 들릴지도 모르겠네요."

"아! 제국과 종족 연합을 공포에 떨게 한 영웅을 뵙게 되었군요! 정말 반갑습니다!"

아피켈은 들뜬 목소리로 말했다.

적의 적은 친구라는 말도 있지 않은가?

그는 성준이 해방군에 적대적이지 않다고 판단했다.

"테렌시아 중심 도시에서 왔는데, 보니까 붉은 숲은 제국군에게 포위된 모양이더군요. 지휘관을 만나게 해주겠습니까? 제가 도울 일이 있을 겁니다."

성준이 말했다.

아피켈은 잠깐 망설이는 듯했지만 이내 고개를 끄덕였다. 어차피 붉은 숲은 포위당한 상태였고 거점의 정확한 위치가 발각되는 것도 시간문제였다.

붉은 숲에 주둔 중인 해방군의 상황은 좋지 않았다. 썩은 동아줄이라도 잡고 싶은 심정이었기도 했지만, 상부에서 '하얀 악마'와 접촉을 시도하고 있다는 것을 알기 때문에 아피켈은 성준에게 거점 지휘관을 만날 기회를 주기로 마음먹었다.

"거점으로 안내하겠습니다."

"감사합니다."

성준은 고개를 살짝 숙이는 것으로 고마움의 마음을 표현했다.

아피켈은 직속 부관에게 뒤처리를 부탁했다. 그러고는 성준과 함께 거점이 있는 '붉은 숲' 깊은 곳으로 향했다.

-꽤 깊이 들어가는군요.

리슈발트가 말했다. 붉은 숲은 넓었다. 벌써 1시간이 넘는 시간 동안 말을 탔지만, 거점으로 보이는 곳은 모습을 드러내지 않았다.

"곧 도착합니다."

아피켈의 말이 끝나고 30분을 더 이동했다. '붉은 숲'의 해방군 거점이 모습을 드러냈다.

"거점 지휘관님에게는 연락해 두었습니다. 곧 이곳으로 오실 겁니다."

아피켈이 말했다. 해방군 상부에서도 제국에서 하얀 악마라는 악명의 주인공인 성준을 만나고 싶어 한다고는 하지만 아직 완전히 신뢰하기에는 일렀다. 그렇기에 긴장의 끈을 놓을 수는 없었다. 허리띠에 얹은 손의 위치는 여차하면 검을 뽑기 유리한 지점이었다.

"알겠습니다."

성준은 고개를 끄덕이며 대답했다. 아피켈이 자신을 완전히 신뢰하지 않는다는 것을 알면서도 큰 감흥은 없었다. 당연한 것이었기 때문이었다. 거점까지 안내해 준 것만 해도 충분히 고마웠다.

"거점 지휘관님이 도착하셨습니다."

전령 깃발을 든 병사가 지나가면서 소식을 전했다. 아피켈은 성준을 향해 몸을 돌렸다.

"거점 지휘관님을 만나러 가시지요."

"안내해 주세요."

성준이 차분한 목소리로 말했다. 아피켈은 고개를 끄덕이고는 앞서 걸어가며 안내를 시작했다. 빠른 걸음으로 이동 중이었지만 주변을 둘러볼 여유 정도는 있었다.

제국군의 포위망이 날이 갈수록 좁혀지고 있는 상황이라서 그런지 거점에 있는 이들은 바쁘게 움직이고 있었다. 무장한 병력이 곳곳에 배치되어 있었고 서둘러 무기를 챙겨서 나오는 이들도 보였다.

"전황이 좋지 않은 모양이군요."

성준이 말했다. 아피켈은 잠깐 고개를 돌려 성준을 향해 시선을 힐끗 던지며 입을 열었다.

"테렌시아 중심 도시에서 오셨으면 어느 정도는 알고 계시지 않습니까? 제국군은 언제나 자신들의 유리한 승전을 전국에 퍼뜨리니까요."

전쟁을 승리로 이끌기 위해서는 승전을 적당히 포장하여 홍보하는 것은 필수 요소였다. 최근 왕국 연합과의 전선에서 다소 밀리고 있었던 제국에게는 해방군의 '붉은 숲' 거점에서 연이은 승전을 기록한 것은 의미 있는 일이었다. 그래서 제국에서는 더욱더 활발하게 홍보 활동을 이어가는 중이었다.

"여기서 기다려 주시겠습니까?"

거점 지휘부 건물 안에 있는 응접실에 도착하자 아피켈이 말했다. 성준은 고개를 끄덕이고는 가까운 의자를 끌어당겨 앉았다.

잠시 후, 응접실을 나간 아피켈은 10분 만에 2명의 남녀와 함께 걸어 들어왔다. 남자는 모르는 얼굴이었지만 여자는 낯선 사람이 아니었다.

-에리나 단장님이시군요. 여기서 다시 뵙게 될 줄은 몰랐습니다.

리슈발트가 말했다.

에리나에게 향하는 그의 시선에서 그리움이 묻어 나왔다. 그것은 성준도 마찬가지였다. 마물 척살단장이었던 에리나는 성준의 전생인 로우켈과도 가까운 사이였다.

"여명의 기사를 여기서 뵙게 될 줄은 몰랐습니다. 정말 반갑습니다. 저는 하인츠라고 합니다."

지휘관 휘장을 달고 있는 붉은 머리카락의 남자가 자신을 소개했다. 그가 말한 '여명의 기사'는 왕국 연합에서 성준을 부르는 칭호였다. 제국에서 부르는 '하얀 악마'라는 칭호를 거북해할까 싶었던 모양이었다.

"이쪽은 에리나 경입니다."

"반가워요."

에리나는 고개를 살짝 숙였다.

사실 하인츠가 그녀를 소개할 필요는 없었다. 성준은 그녀를 알고 있었으니까.

"강성준입니다."

성준도 자신을 소개했다.

"지구에서 오신 것 같은데…… 우리 언어에 능숙하시군요."

하인츠가 놀란 듯한 표정으로 말했다. 물론 그는 '하얀 악마'가 로우켈의 제자라는 소문을 들어서 알고 있었다. 이것은 일종의 확인 작업이었다.

에리나는 하인츠의 옆에서 침묵을 지켰다. 성준에게 향하는 그녀의 시선에서 복잡한 감정이 묻어 나왔다.

"스승님에게 배웠습니다."

로우켈의 환생이라고 하면 마법이 존재하는 이계의 사람들이라고 해도 쉽게 믿지 못할 것이다. '제자'라고 설명하는 게 가장 편리했다.

"로우켈 경의 제자라! 소문을 듣기는 했지만 쉽게 믿기 힘든 말이군요."

"확인 방법이 있잖아요. 그렇죠? 하인츠 경."

곤란한 표정으로 턱을 긁적이는 하인츠를 보며 에리나가 말했다.

확인 방법은 무엇일까? 대충 짐작이 갔지만 확실하지는 않기 때문에 호기심이 생겼다.

성준이 무심한 시선을 던지자 에리나는 희미한 미소를 머금은 채 입을 열었다.

"저한테 '환영검'을 사용해 보세요."

에리나는 로우켈의 환영검을 옆에서 많이 봤었다. 그래서 '환영검'에 대해 잘 알고 있을 수밖에 없었다.

"변형."

성준은 시동어를 내뱉는 것으로 에리나의 말에 대답을 대신했다. 어느새 오른손에는 검의 형태가 된 로엘이 들려 있었다. 날카로운 칼날이 빛을 머금은 채 번뜩였다.

성준의 눈동자에서도 예리한 빛이 발산되는 것처럼 보였다.

"에리나 경…… 죽을 수도 있습니다."

하인츠가 차분한 목소리로 말했다. 그의 말에는 거짓이 조금도 섞여 있지 않았다.

"'환영검'이라고 해도 '일격'에 죽을 정도로 제 검은 녹슬지 않았습니다. 그리고 이 방법이 가장 확실합니다."

"그렇다면 어쩔 수 없군요. 저는 뒤로 물러나겠습니다."

차가운 금속음과 함께 뽑혀 나온 검의 끝은 성준에게 향했다. 그것은 환영검을 받아낼 준비가 되었다는 신호였다.

"환영검."

성준이 검술을 펼쳤다. 오러를 머금은 31개의 환영검이 에리나의 전신을 노렸다.

"섬광검."

에리나 역시 검을 휘둘렀다. 마력으로 팔 근육을 일시적으로 강화하여 검격의 속도를 높이는 응용 검술이었다. 쾌속으로 휘둘러진 에리나의 검은 순식간에 28개의 환영검을 쳐냈다.

"여, 역시 검성이다……!"

기사 여단 서열 2위 출신인 하인츠는 희미하게나마 잔상을 엿볼 수 있었고, 그 모습에 감탄을 토해냈다.

"읏!"

남은 3개의 환영검이 문제였다. 0.01초가 되지 않는 찰나의 순간! 에리나는 뒤로 한 걸음 물러나며 검을 회수하여 방어 목적으로 휘둘렀지만 늦고 말았다.

2개의 환영검은 쳐냈지만 남은 하나가 에리나의 목을 노렸다. 황급히 검을 회수하여 방어하긴 했지만 오러의 충돌과 함께 튄 마력 파편이 그녀의 뺨에 상처를 남겼다. 붉은 핏물이 맺혔다.

"이, 이럴 수가……."

하인츠의 목소리에서 놀란 감정이 묻어 나왔다. 그의 시선은 에리나의 뺨에 난 상처를 보고 있었고 눈동자는 심하게 흔들렸다.

'하얀 악마…… 아니, 여명의 기사가 검성이라는 소문이 있다고는 하지만 설마 숙련된 검성인 에리나 경에게 상처를 입힐 줄이야!'

하인츠는 마른 침을 삼켰다.

에리나의 상처를 응시하고 있던 눈동자는 이내 성준에게 향했다.

'무서운 검객이다. 대륙 역사에 남을 천재야……'

손이 떨려왔다.

하인츠의 그런 반응을 슬쩍 살핀 성준은 차분한 표정으로 로엘을 반지로 변형시키며 입을 열었다.

"어떻습니까?"

"완벽한 '환영검'이었어요. 의심해서 정말 미안해요."

에리나는 검을 집어넣으며 고개를 숙였다. 목소리에서 진심이 묻어 나오는 게 느껴졌기 때문에 성준은 선명한 미소를 지어 보였다.

그의 시선은 에리나에게서 하인츠에게로 옮겨갔다.

"20대로 보이는데, 검성의 경지라니……. 정말 대단합니다. 로우켈 경께서! 정말 기뻐하실 겁니다!"

하인츠는 감격한 표정이었다. 그는 성준의 전생인 로우켈이 리도니아 대평원에서 목숨을 잃은 뒤, 여단에 입단했다. 그래서 마주친 적은 없었지만, 최고 기사였던 로우켈을 진심으로 존경했다.

"사령관님께서도 분명 기뻐하실 겁니다!"

"그렇겠죠? 물론 그 얼굴을 실제로 볼 수 있을지는 모르겠지만요."

해방군 사령관은 '그림자'라고 불린다. 제국의 추적을 피하기 위해 해방군 내에서도 좀처럼 모습을 드러내지 않았다. 간혹 중요한 자리가 있더라도 대역을 쓰거나 가면과 망토로 철저하게 신분을 감췄다.

"해방군을 도우러 왔습니다. 지금 상황을 대충 말씀해 주시겠습니까?"

성준이 물었다.

하인츠는 심각한 표정으로 입을 열었다.

"로우켈 경께서 제국군의 전략, 전술에 대해서도 알려주었습니까?"

"기본적인 건 알고 있습니다."

귀찮아질 우려가 있기 때문에 구체적인 언급은 피했다.

"그렇다면 이미 제국군 쪽에서 마법 통신을 장악하고 있다는 것 정도는 알고 계시겠군요."

하인츠의 물음에 성준은 대답 대신 고개를 끄덕였다. 포위

전에 있어서 방해 전파를 흘려보내는 것으로 마법 통신망을 장악하는 건 기본적인 전술이었다.

"제국군 8개 사단, 8만 명이 동원되었습니다. 방해 전파에 저항해 보려고 했지만, 소용없었습니다."

덧붙이지는 않았지만 붉은 숲 거점의 해방군 병력은 2만 정도에 불과했다.

-8개 사단이라……. 예상보다 동원된 병력의 수가 많습니다. 하인츠 경의 표정을 보니, 붉은 숲 거점의 해방군 병력은 많지 않은 것 같습니다.

리슈발트가 말했다.

성준은 아무 말 없이 하인츠를 향해 시선을 보냈다. 그의 계획을 알고 싶었다. 에리나도 설명하는 역할을 하인츠에게 맡기고는 한 걸음 뒤로 물러났다.

"테렌시아 중심 도시에서 붉은 숲의 소식을 전해 들었다고 하셨지요?"

"그렇습니다. 제국군은 승전보를 열심히 선전하고 있었습니다."

"그렇다면 사령관님께서 지원군을 보내주셨을 겁니다. 제 계산이 정확하다면 이미 도착했겠군요."

"지원군은 어디서 뭘 하고 있는 건가요?"

이번에는 성준이 물었다. 하인츠에게 질문은 던지기는 했지만, 그의 대답을 예상하고 있었다.

"사령관님께서 충분한 수의 지원군을 보내지 못한 것 같습니다."

"그렇죠. 병력이 넉넉했다면 제국군을 바로 쳤을 겁니다."

성준의 말이 옳았다. 하인츠도 굳은 얼굴로 고개를 끄덕였다. 지금까지 조용한 걸 보면 해방군 지원 병력은 제국군을 상대하기에 충분한 숫자가 아니라는 말이 된다.

하인츠는 말이 없었다. 특별한 계획은 없는 모양이었다.

에리나도 짧은 한숨을 내뱉었다.

"우선……. 연락을 시도해야 합니다."

가만히 있을 수는 없었다.

성준이 선언하듯 말했다. 외부에 지원 병력이 있다면 그들과 접촉을 시도하는 게 최우선 과제였다. 양쪽에서 협공한다면 제국군은 적지 않은 피해를 입을 터였다.

"소수 정예로 인원을 편성해서 접촉을 시도하는 게 좋을 것 같습니다."

"그러기엔 제국군의 수가 너무 많습니다. 검성도 한 명 있다는 정보입니다."

하인츠의 말에 성준은 고개를 끄덕였다. 검성의 존재는 테렌시아 중심 도시 광장에서부터 들어서 알고 있었다.

"돌파를 위해서는 검성급의 무력이 필요합니다. 그런데 에리나 경은 거점 방어 때문에 움직일 수 없습니다."

하인츠의 말에 성준의 입가에 미소가 번졌다.

"지금 여기, 검성이 한 명 더 있다는 것을 잊으셨습니까?"

최강의 이름을 가졌던 전생을 이어받아 환생한 검성이 이곳에 있다.

에리나도 미소를 머금었고 하인츠는 긴장한 얼굴로 고개를 끄덕였다.

"죄송합니다. 잠깐 잊고 말았습니다."

하인츠가 말했다. 그는 두 손을 들어 올려 정중하게 기사의 예를 취했다.

"부탁…… 해도 되겠습니까?"

"안심하세요. 설령 검성이라고 해도 내 앞을 막지는 못할 겁니다."

성준은 자신감 넘치는 목소리로 말했다.

"그럼 에리나 경께서는 거점 방어를 맡아주시겠습니까?"

하인츠가 말했다. 제국 쪽의 검성이 거점을 공격하는 상황에 대비해야 했다.

에리나는 대답 대신 고개를 끄덕였다.

"저는 지원 병력을 편성하겠습니다."

"그럴 필요 없습니다. 길잡이 1명이면 충분합니다. 여럿이 움직이면 은밀성이 떨어집니다."

정예들이 따라붙는다고 해도 검성들 간의 전투에서는 방해가 될 뿐이었다.

"아무래도 그렇겠군요."

성준이 굳이 덧붙이지는 않았지만, 하인츠도 숨은 뜻을 바로 간파하지 못할 정도로 눈치가 없지는 않았다.

"그렇다면 길잡이로 아피켈 경을 데려가십시오. 기사 여단 서열 88위 출신이니…… 방해가 되지는 않을 겁니다."

하인츠가 조심스럽게 제안했다.

성준은 흔쾌히 고개를 끄덕였다. 방해가 되지는 않을 것 같았다.

"좋습니다. 지금 바로 출발하도록 하죠."

"아피켈 경을 불러오겠습니다."

성준의 대답에 하인츠는 잠시 다른 곳에서 대기하고 있던 아피켈을 불렀다.

"부르셨습니까?"

"붉은 숲이 포위되었을 때에 대비한 외부와의 접촉 지점을 기억하고 있겠지?"

해방군에게는 거점이 포위당하여 통신이 차단되었을 때를 대비한 접촉 장소가 정해져 있었다. 그것을 알고 있는지 재확인하는 것이었다.

"물론입니다. 정확하게 기억하고 있습니다."

자신감 넘치는 목소리였다.

그 모습을 보며 하인츠는 만족스러운 표정으로 고개를 끄덕였다.

"좋아. 길잡이 역할을 맡겨도 되겠군."

이윽고 하인츠의 시선이 성준에게 향했다.

"강성준 경께서는…… 바로 출발할 생각이십니까?"

"그게 좋을 것 같습니다."

성준이 대답했다. 조금 전의 전투에서 승리했다고는 하지만 제국군의 포위망은 점차 좁혀 오고 있었다. 여유를 부릴 시간이 없었다.

"저는 준비됐습니다!"

아피켈이 외쳤다. 그의 목소리에서 자신감이 넘쳤다. 검성과 같은 전장에 설 수 있다는 사실은 그를 고양시키기에 충분했다.

"아피켈 경도 준비가 된 것 같군요. 그래도 1시간 정도만 기다려 주시겠습니까? 해방군 병력을 동원해서 교란 작전을 펼치겠습니다. 강성준 경께서 포위망을 돌파하는 데 도움이 될 겁니다."

"감사합니다. 하인츠 경."

해방군 쪽에서 교란 목적으로 병력을 움직인다면 제국군의 포위진도 잠깐이나마 흔들릴 것이다. 성준과 아피켈은 그 순간 만들어질 작은 빈틈을 공략해야만 했다.

"오래 걸리지 않을 겁니다."

하인츠가 말했다. 그는 곧 전령을 통해 교란 작전에 나설 병력을 소집했고 성준은 아피켈과 함께 호흡을 맞출 준비를 했다.

얼마 지나지 않아서 하인츠가 다시 성준을 찾아왔다.

"군의 준비가 끝났습니다."

처음에는 1시간 정도 걸릴 것이라고 말했었지만 아직 30분 밖에 시간이 지나지 않았다.

"교란이 시작되면 신호를 주시지요. 바로 행동하겠습니다."

"제국군과 전투가 시작되면 신호탄을 쏘겠습니다."

하인츠가 대답했다. 성준은 고개를 끄덕였다. 집결한 해방 군 병력이 제국군을 교란하기 위해 출전했다.

얼마 지나지 않아서 그들은 제국군과 조우하였고 전투를 시작했다.

"신호탄을 쏴라."

전령이 미리 준비된 신호탄을 하늘로 쏘아 올렸다. 붉은 불꽃이 어두운 밤하늘을 물들였다. 거점 외곽에서 몸을 숨기고 있던 성준과 아피켈은 붉은 신호를 발견하고는 즉시 행동에 나섰다.

"제가 길을 안내하겠습니다."

아피켈이 앞장서서 움직였다. 기사 여단 출신답게 기척을 죽인 채 움직이는 은밀 보행이 숙련된 살수와 견줄 만한 수준 이었다.

성준도 기척을 죽이고 발걸음을 옮겼다. 은신 스킬을 사용 하기에는 이동 속도가 빨랐다. 은밀하게 움직여야 했기 때문에 군마를 사용하지 않고 도보로 이동해야만 했다.

해방군이 다수의 병력을 동원하여 교란전을 펼친 탓인지 숲속을 순찰하는 이들의 수가 현저하게 줄어들어 있었다.

"얼마나 남았습니까?"

"가장 빠른 길입니다. 이 속도라면 앞으로 4시간 정도 더 이동해야 합니다."

성준의 물음에 아피켈이 대답했다. 그들은 은밀하게 움직일 수 있는 한도 내에서 최대한 빠르게 움직이고 있었다. 둘 다 인간의 한계를 아득히 초월한 이들이었기 때문에 그 이동 속도는 말을 타고 움직이는 것보다 조금 느린 정도였다.

"이제 2시간 정도만 더 가면 됩니다."

아피켈이 보고했다.

"잠깐, 멈춰요."

성준은 아피켈을 멈추게 했다.

"전방에서 다수의 기척이 느껴집니다. 포위 거점인 것 같네요."

"그렇다면 우회하는 게 좋을 것 같습니다."

"네. 좌측이 비어 있습니다."

설명이 끝났다. 아피켈은 굳은 얼굴로 고개를 끄덕이고는 다시 발걸음을 재촉했다. 지금까지는 교란으로 인해 순찰과 조우할 일이 없었지만, 거점이 모습을 드러낸 것으로 보아 이제부터는 제대로 된 포위선을 넘어야 하기에 긴장할 수밖에 없었다.

"일단 하나 넘었군요."

첫 번째로 조우한 포위 거점을 무사히 지나쳤다. 다수의 제국군이 지키고 있었지만, 성준의 수준 높은 기척 감지와 유령의 몸을 가진 리슈발트의 선행 정찰 덕분에 무리 없이 통과할 수 있었다.

"적들의 수가 생각보다 많았는데, 강성준 경 덕분에 쉽게 통과할 수 있었습니다."

"아직 끝난 게 아닙니다. 앞에 더 많은 거점이 있습니다."

성준은 차분한 목소리로 말했다. 아직 끝난 게 아니었다. 그는 말을 마치며 리슈발트를 향해 조용히 시선을 던졌다. 선행 정찰을 지시하는 무언의 신호였다.

-수행하겠습니다!

리슈발트는 짧은 대답과 함께 앞으로 이동했다. 동조율이 높아지면서 한 번 마력을 보급받으면 일정 시간을 성준과 떨어진 상태로 정찰 행동이 가능했다.

-전방 1㎞ 지점에 거점이 하나 있습니다. 주둔 중인 군의 규모는 300명 정도입니다!

잠시 뒤, 리슈발트가 돌아와서 보고했다. 계속 이동 중이었지만 성준과 리슈발트는 마력으로 이어져 있기 때문에 떨어져 있어도 서로를 찾는 게 어렵지 않았다.

두 번째 거점도 조용하게 통과하였고 세 번째 거점을 앞에 두고 있었다. 그곳만 넘으면 붉은 숲을 벗어날 수 있다고 아피켈이 말했기 때문에 성준은 들뜬 마음으로 발걸음을 재촉했다.

그 순간이었다.

"커헉!"

"아피켈 경!"

섬광이 번뜩이고 아피켈이 고통에 찬 신음을 내뱉으며 쓰러졌다. 성준은 황급히 검을 들어 올리며 주변을 살폈다.

'기척이 전혀 느껴지지 않았어. 적은 최소 검성급이다.'

성준은 적이 검성급의 무력을 가지고 있다고 확신했다.

눈동자를 빠르게 움직였다. 처음에는 기척을 전혀 감지하지 못했지만 아피켈을 공격함으로 인해 희미하게나마 흔적이 드러났다.

"거기냐!"

외침과 함께 성준이 뒤로 몸을 돌렸다. 동시에 마력을 끌어 올리며 응용 검술을 펼쳤다.

"환영검!"

검을 휘두르자 소환된 31개의 환영검이 전방을 향해 폭풍처럼 쏟아졌다. 일순간 어둠 속에서 화려한 푸른빛의 실선이 수십 개 그어졌다. 금속 충돌음과 함께 31개의 환영검이 튕겨 나왔다.

그리고 어둠 속에서 두 자루의 소검을 든 중년의 기사가 모습을 드러냈다. 지금까지 은신의 장막 뒤에 숨어 있었던 것이었다.

"내 기척을 읽은 건가? '하얀 악마'가 검성이라는 소문은 사실이었군. 우선은 반갑다. 나는 13기사회의 검성, 켈트론이라고 한다."

중년 남성은 스스로를 소개했다. 성준은 '켈트론'이라는 이름을 알고 있었다.

그는 성준, 그러니까 로우켈이 리도니아 대평원에서 목숨을 잃기 전부터 발리안의 측근이었던 기사였다. 그는 특등 살수보다 뛰어난 은신 능력을 가지고 있었다. 전생의 마지막 기억에서 켈트론의 기사 여단 서열은 3위였었다.

'설마 검성이 되었을 줄이야……'

은신 능력은 뛰어났지만 검성의 자질은 없다고 생각했었다. 어쩌면 발리안의 특훈이 있었을지도 모르는 일이었다.

그는 간사하긴 했지만, 검술에 대한 재능만큼은 천재라는 수식어가 어울릴 정도로 뛰어났다.

-아피켈 경의 상태가 좋지 않습니다. 이대로 두면 목숨을 잃을지도 모릅니다.

리슈발트가 보고했다.

성준은 여전히 켈트론을 경계하고 있었다. 그래서 아피켈의 상태를 살피지 못했었다. 검성과의 전투는 순식간에 끝나는 경우가 대부분이었기 때문에 아피켈을 향해 잠깐이라도 시선을 옮길 수 없었다.

"신성 기도문으로 동료를 구할 생각은 접어두는 게 좋을 거다. 나 또한 제국의 검성이니…… 한눈팔다가는 죽을 거다."

차가운 목소리가 허공에 울려 퍼졌다.

켈트론은 자신의 승리를 확신하고 있는 모양이었다.

"그럼, 너부터 죽이면 되겠군."

성준의 입가에 미소가 번졌다. 검을 들어 올려서 켈트론을 향해 겨눴다. 왼손에는 '하크의 단검'을 들고 있었다. 켈트론이 들고 있는 두 자루의 소검에 대응하기 위해서였다.

"그게 그렇게 쉬울 거라고 생각하나?"

"어렵지는 않을 것 같은데?"

섬광이 반짝였다. 먼저 움직인 쪽은 성준이었다. 켈트론은 성준이 시야에서 사라지자 소검을 들어 올리며 완벽한 방어 자세를 취했다. 그 모습을 본 성준은 '참검'을 사용하려고 했지만…….

'지금 참검을 사용하면 반격당한다!'

참검은 공격력은 높지만, 발현 동작이 큰 응용 검술이라서 잘못된 상황에서 사용하면 치명적인 반격을 허용할 수도 있었다.

"환영검!"

차선책은 '환영검'이었다. 성준이 응용 검술을 펼치자 켈트론도 화려하게 검을 휘둘렀다.

"연검!"

날카로운 기합과 함께 응용 검술이 펼쳐졌다. 휘둘러진 검이 환영검을 쳐냈다.

성준은 왼손에 든 단검으로 방어 태세를 갖춘 채 오른손에 든 '로엘'을 켈트론의 심장을 노리고 내찔렀다.

"큭!"

조금 전에 환영검을 사용했음에도 불구하고 곧바로 회수와 함께 연격을 펼치는 소름 끼치는 검술의 향연에 켈트론은 신음을 내뱉으며 뒤로 물러났다.

그 모습을 본 성준은 확신했다.

'역시! 켈트론은 은신 특화다! 기습에 사용하지 않는 통상 검술의 수련은 게을리한 게 분명해!'

켈트론은 특등 살수보다 뛰어날 정도로 은신에 특화된 능력을 가진 기사답게 처음의 기습에 모든 것을 거는 타입인 것 같았다. 성준에게는 다행이었다. 통상 검술에 능숙한 검성이었다면 상대할 때 조금 더 힘들었을 것이었다.

'빈틈!'

5분 동안 1천 번에 가까운 공방을 주고받았다. 켈트론의 표정이 점차 힘거워지더니 마침내 완벽에 가까웠던 방어 자세가 흔들렸다.

그로 인해서 생긴 빈틈을 성준은 놓치지 않았다. 오른손의

'로엘'로 켈트론의 소검을 받아쳐 내는 것과 동시에 그에게 파고들며 단검을 내찔렀다.

"제, 제기랄!"

켈트론은 욕설을 내뱉었다. 왼손이나 오른손의 소검을 회수하거나 뒤로 물러나기에는 이미 늦었다. 날카로운 단검이 그의 심장을 노렸다. 단검에 깃든 오러는 모든 것을 꿰뚫을 것 같은 기세였다.

"유감이군."

하지만 성준의 뜻대로 되지 않았다.

싸늘한 미소를 남기며 검을 회수하는 켈트론은 완벽한 반격을 앞두고 있었다.

"오러 아머인가!"

성준은 비명에 가까운 외침을 내뱉으며 황급히 뒤로 물러났다. 그의 단검은 켈트론의 오러 아머에 막힌 것이었다. 정교한 마력 운용이 가능한 기사들은 오러 블레이드뿐만 아니라 아머와 실드도 강화할 수 있었다.

강화된 오러 아머는 사용자를 오러 블레이드로부터 보호해 주지만, 성준은 집중력 분산과 마력 소모 탓에 잘 사용하지 않았다. 아니, 사용할 필요가 없었다. 애초에 오러 아머는 치명상을 입는 것을 피하기 위해서였는데, 그는 SSS급 회복계 헌터였기 때문에 일격에 사망하지만 않으면 '힐'로 회복이 가능하기 때문이었다.

"예측할 수 없는 연격이었다……. 하마터면 큰일 날 뻔했군!"

켈트론이 입술을 살짝 깨물었다.

'나이가 어리다고 해서 얕볼 상대가 아니다…….'

검술의 경지에 있어서 나이는 중요하지 않다는 것을 켈트론도 알고 있었다.

-강화된 오러 아머입니다. 제가 보기에도 일격에 관통하기는 쉽지 않을 것 같습니다.

리슈발트가 말했다. 그의 날카로운 시선이 켈트론의 전신을 보호하고 있는 오러 아머를 주시했다.

성준도 자세를 가다듬으며 켈트론을 살폈다. 그는 자신의 오러 아머가 성준의 오러를 막아냈다는 사실에 자신감 넘치는 웃음을 흘리고 있었다.

"젊은 검성이여, 이게 실전 경험의 차이라는 거다."

켈트론이 말했다. 그는 성준이 오러 아머를 사용하지 못한다고 생각하고 있었다.

그가 오해하는 모습을 보며 성준은 슬며시 입꼬리를 끌어올렸다. 검의 끝은 여전히 켈트론에게 향했다.

"아직도 싸울 생각이 남았는가? 실전에서 오러 아머도 제대로 사용할 줄 모르는 검성 주제에? 나를 이길 수 있다고 생각하는 건가?"

"13기사회의 켈트론이라고 했었나?"

마력을 끌어 올리며 말했다. 일순간, 개방된 살기가 주변의 공기를 어둡게 물들였다.

'다, 단순 살기가 이 정도라고……?'

켈트론은 마른침을 삼켰다. 성준에게서 흘러나오는 살기는 많은 실전을 겪은 이들에게서나 느껴질 법한 수준이었다.

"혀가 너무 길어서 조금 잘라야겠다."

그리고 사라졌다.

"내가, 움직임을 놓쳤다고?"

켈트론은 당황했지만 당연한 결과였다. 성준은 오러 아머를 사용하지 않기 때문에 그만큼의 마력을 기동과 공격 검술에 할당할 수 있었다. 그래서 켈트론보다 더욱 빠르게 움직이는 게 가능했다.

"거기냐!"

"블링크."

간신히 움직임을 따라잡고 두 자루의 소검을 휘둘렀지만, 성준은 '블링크'를 이용한 변칙적인 기동으로 켈트론의 검격을 피했다.

"제기랄! 이걸 피하다니! 크학!"

켈트론은 신음을 토해냈다. 붉은 피가 솟구쳤다. 좌측에서 성준이 내찌른 검이 켈트론의 어깨를 스친 것이었다. 오러 아머가 관통되지는 않았지만, 손상이 심했다. 동시에 강한 충격이 전해졌다.

"환영검."

"으아아!"

계속해서 31개의 환영검이 켈트론을 덮쳐왔다. 그는 절규에 가까운 비명을 내지르며 두 자루의 소검을 미친 듯이 휘둘렀다. 환영검은 모두 쳐내거나 회피했지만 뒤이은 세 번의 검격을 피하지 못했다.

"크윽!"

오러 아머가 완전히 박살 났다.

-기회입니다!

리슈발트가 외쳤다. 파괴된 오러 아머는 재생성까지 시간이 걸린다. 오래 걸리는 건 아니었지만 전투 중에는 길게 느껴질 정도였다.

성준은 검을 휘두르며 빠르게 켈트론과의 거리를 좁혔다.

"이익!"

켈트론은 성준을 떼어놓기 위해 오러를 날카로운 파편으로 잘게 쪼개서 뿌리는 '오러 스프레이' 기술을 사용했다.

다량의 오러를 소모하는 기술이라 효율이 좋지 않아서 웬만해서는 잘 사용되지 않는 기술이었다. 그런 기술을 사용하는 것만 봐도 켈트론이 얼마나 궁지에 몰렸는지 알 수 있었다.

"큭!"

"이, 이걸?"

성준은 오러 파편의 소나기 속으로 몸을 던졌다. 날카로운 오러 파편이 전신에 깊은 상처를 남겼지만 '힐'이 있으니, 상관하지 않았다. 그 모습에 켈트론 또한 크게 당황해다.

조금 전에 '오러 스프레이'를 사용한 탓에 아직 검을 회수하지 못한 상태였다.

황급히 뒤로 물러나려고 했지만 이미 늦었다. 성준이 휘두른 검을 피할 길이 없었다.

'이렇게 되면 최소한 급소가 당하는 건 피하겠다!'

켈트론이 몸을 기괴하게 꺾었다.

"큭!"

"얕았나?"

목을 베이긴 했지만, 상처가 얕았다. 출혈이 심하지 않았다. 그는 검을 휘두르며 허겁지겁 뒤로 물러났다.

'시, 실전 경험이 풍부한 놈이다! 보통 실력이 아니야!'

공방을 주고받은 끝에 알 수 있는 사실이었다. 켈트론의 안색이 창백해졌다.

'도대체 얼마나 많은 실전을 겪었기에 저런 검술이 나오는 거지?'

놀랄 수밖에 없었다. 성준의 임기응변 능력과 검술에 대한 조예가 깊어서 켈트론은 자신의 수준으로는 상대가 되지 않는다는 것을 깨달아다.

"이, 이 사실을 13기사회에 알려야 한다……!"

하얀 악마를 상대할 때는 최소 2명 이상의 검성이 필요하다는 사실을! 모두에게 알려야만 했다. 처음에는 성준을 죽일 기세로 전투에 임했던 켈트론이었지만 이제는 살아남기 위해 행동했다.

"그렇게 놔둘 것 같나?"

성준은 차가운 목소리와 함께 검을 휘둘렀다. 켈트론의 왼팔이 잘렸다.

"크아아악!"

잘린 왼팔이 붉은 궤적을 그리며 옆으로 나가떨어졌다. 성준은 빠르게 거리를 좁히며 미리 회수한 단검을 휘둘렀다. 한번 휘두른 것으로 보였지만 다섯 번의 검격이 실려 있었다. 짧은 순간이었지만 여러 번의 공격을 허용한 탓에 켈트론은 피투성이가 되었다.

"쿨럭!"

그는 피를 토해내면서도 검성답게 치명적인 일격을 가했다. 소검에 복부를 관통당했지만 검을 휘두르는 성준의 동작에 흔들림은 없었다.

"크아아아악!"

상체에 치명상. 반으로 갈라진 철제 흉갑에 바닥에 떨어졌다. 귀신 같은 속도로 검을 회수한 성준은 날카로운 연격을 쏟아냈다.

켈트론은 걸레짝처럼 너덜너덜해졌다. 바닥에는 그가 흘린 피로 넓은 웅덩이가 만들어져 있었다.

"미, 믿을 수 없다…… 나는 제국의 검성인데, 이렇게 처참하게 당하다니……."

목소리에는 힘이 없었고 눈동자는 떨리고 있었다.

"최후의 말 정도는 들어주고 싶지만, 시간이 없어서."

"무…… 슨……."

"잘 가라."

휘둘러진 검이 목을 베었다. 켈트론은 힘없이 쓰러졌다.

"흡수."

그의 숨통이 완전히 끊어진 것을 확인한 성준은 '힐'로 자신의 부상을 먼저 치유한 뒤, 멀지 않은 곳에 쓰러져 있는 아피켈을 향해 왼손을 뻗으며 입을 열었다.

"힐."

왼손에서 순백의 섬광이 터져 나왔다. 이계에서는 '신성 기도문'이라고 부르고 지구에서는 '힐'이라고 불리는 것이었다. 다량의 마력이 소모되었다.

"크, 크윽……."

짧은 신음과 함께 아피켈이 의식을 되찾았다. 오러가 깃든 검에 베이면서 내장이 엉망이 되는 치명상을 입었지만, 성준의 '힐' 한 번에 완벽하게 회복되었다. 엉망으로 찢어진 갑옷 틈으로 보이는 복부에서 상처를 찾아볼 수 없을 정도였다.

"제가 방해되었습니다……. 죄송합니다…… 강성준 경……."

아피켈은 고개를 숙였다. 기사 여단에서도 서열 88위 출신이라 실력에는 자부심이 있었지만 암습에 특화된 '검성' 앞에서는 너무나도 무력했다.

검성의 압도적인 무력을 깨달을 수 있는 시간이었다.

"검성의 기습을 예상 못 한 제 실수도 있습니다. 너무 깊게 생각하지 마세요. 일단은 '붉은 숲'을 벗어나는 게 중요합니다."

"동의합니다. 가장 빠른 길로 안내하겠습니다."

성준의 말에 아피켈이 고개를 끄덕였다.

두 사람은 다시 쉬지 않고 움직였다. 그리고 리슈발트가 뒤늦게 성준의 동조율을 체크했다.

-동조율 86%입니다. 2%가 상승했습니다.

제대로 된 검성을 상대로 승리를 거둬서 그런지 동조율이 2%나 상승했다. 성준은 아피켈의 뒤를 따라가면서도 기쁜 마음에 웃음을 감출 수 없었다.

-동조율 85%를 넘어서면서 완전한 환영검무의 사용이 가능해졌습니다. 유도 기능이 있는 100개의 환영검을 사방으로 쏟아낼 수 있습니다.

리슈발트가 설명했다.

성준은 대답대신 고개를 끄덕였다.

리슈발트의 설명을 듣는 동안 붉은 숲의 끝자락에 도착했다.

"여기가 붉은 숲의 끝입니다."

"합류 지점은 알고 있습니까?"

성준이 물었다. 아피켈은 희미한 미소를 머금은 채 입을 열었다.

"물론입니다. 이런 상황을 대비해서 접촉 장소를 정해두었습니다."

"다행이네요. 멀진 않지요?"

"네, 이 속도로 30분 정도만 더 이동하면 됩니다."

두 사람이 달리는 속도는 군마의 질주와 비슷했다. 30분 정도면 결코 가까운 거리는 아니었지만, 성준은 굳이 태클을 걸지 않았다.

"여깁니다."

아무것도 보이지 않는 평원에서 아피켈이 발걸음을 멈췄다. 성준은 주변을 둘러보았다. 사람이나 건축물의 모습은 보이지 않았지만, 근처에서 마력과 함께 기척이 느껴졌다.

'지하인가……?'

하긴, 눈에 띄는 장소에 접촉 장소를 만들었을 리도 없다는 생각이 들었다. 아니나 다를까 아피켈은 바닥을 더듬더니 나

무판자로 만들어진 덮개를 열었다. 단순히 여는 동작으로 보이지만 사실은 복잡한 술식을 주입하는 게 보였다.

덮개가 열리자 지하로 내려가는 계단이 모습을 드러냈다. 아피켈은 품속에서 작은 마법 등을 꺼내서 작동시켰다.

"내려가시죠."

아피켈은 성준은 지하로 안내했다. 깊은 곳으로 내려갔다. 계단이 끝나는 곳에 보이는 낡은 철문을 열자 넓은 공동이 모습을 드러냈다.

"아피켈 경입니까? 옆에 있는 분은 누구입니까?"

"도대체 어떻게 된 겁니까? 상황을 설명해 주세요!"

해방군으로 보이는 이들 여럿이 몰려왔다.

"보시는 대로입니다. 붉은 숲은 포위되었습니다. 저도 옆에 계신 강성준 경의 도움이 없었다면 포위망을 뚫고 여기까지 올 수 없었을 겁니다."

"13기사회의 검성 켈트론과 여단의 고위 기사들이 포위망을 형성하고 있습니다. 뚫기 쉽지 않았을 텐데요?"

누군가 말했다. 성준은 미소를 머금은 채 침묵을 지켰고 아피켈이 설명을 위해 차분한 표정으로 입을 열었다.

"검성 켈트론은 강성준 경이 죽였습니다."

"검성을 죽였다는 말입니까?"

"도, 도대체?"

모두 경악했다. 검성이라는 존재는 제국에서도 25명밖에 없는 희귀한 인재들이었다. 그들은 강력한 전쟁 병기였다.

"강성준 경은 제국에서 '하얀 악마'라고 불리는 검성이십니다."

성준은 굳이 입을 열 필요도 없었다. 아피켈이 모든 것을 전부 설명해 주고 있었다.

"하얀 악마라면…… 여명의 기사!"

"오오!"

"천재 검성이 우리와 함께하는 것인가?"

해방군의 간부들은 크게 기뻐했다. 검성의 합류는 반가워할 만한 것이었다. 한 명의 검성이 규모가 큰 전투를 뒤흔들수 있기 때문이었다.

"너무 김칫국은 마시지 마시길. 저는 거래를 하러 왔습니다."

성준이 말했다.

사실 제국의 황제를 죽이기 위해서는 뭐든지 할 자신이 있었지만, 그에게는 '리오딘 수정'이 필요했다.

"대량의 '리오딘 수정'이 필요합니다. 그것만 약속해 준다면 해방군에 협조하겠습니다."

말을 끝맺자 간부들 틈에서 로브를 입은 남자가 걸어 나왔다.

"루토입니다. 해방군 작전 참모의 이름을 걸고 '리오딘 수정'을 약속하겠습니다."

3장
승전과 보상

　루토는 성준의 전생, 로우켈은 그와 인연이 있었다. 깊은 관계는 아니었지만, 동료라고 해도 될 정도의 교류는 있었다.

　그는 노블 오더의 자작 출신이었다. 로우켈은 리도니아 대평원에서 목숨을 잃었기 때문에 자세한 뒷사정은 몰랐지만 루토는 로우켈을 옹호하다가 작위와 재산을 몰수당하고 해방군에 몸을 던졌다. 작위와 재산을 잃었지만, 대마법사의 경지에 오른 실력자로, 지구의 기준으로 S급의 무력을 지녔기 때문에 해방군에도 적지 않은 도움이 되었다.

　"좋습니다. 루토 경이 해방군의 이름으로 약속했으니, 지켜 줄 것이라 믿습니다."

　성준이 고개를 끄덕이며 말했다. 그가 기억하는 루토는 반드시 약속을 지키는 사람이었다. 그리고 해방군에는 로우켈에게 좋은 감정을 가지고 있는 이들이 많으니 그의 제자를 칭하는 자신에게 해가 될 행동을 하지 않을 확률이 높았다.

"믿으셔도 됩니다. 저희 해방군은 황제, 그리고 제국과는 다릅니다."

"알겠습니다. '일단은' 믿도록 하지요."

성준은 차분한 목소리로 대답했다.

하지만 완전한 신뢰를 보내지는 않았다. 과거, 가장 믿었던 황제에게 배신당했던 경험이 있었기 때문에 언제나 만약의 상황에 대비해야 한다는 생각을 가지고 있었다.

"조금이라도 믿어주신다니, 감사할 따름입니다."

"이 일은 넘어가고, 본론으로 들어가죠. 붉은 숲 주변에 전개한 해방군을 집결시키려면 시간이 얼마나 필요합니까?"

"최선을 다하겠지만 하루 정도는 필요합니다."

루토는 참모였기 때문에 해방군의 기동력을 누구보다 잘 알고 있었다. 그의 대답에 성준의 시선은 아피켈에게 향했다. 현재 붉은 숲 거점의 해방군 병력의 상황에 대해서 더 잘 알고 있는 것은 아피켈이었다.

"하루 정도면…… 버틸 수 있습니다. 아직 방어선이 전부 무너진 것도 아니고, 강성준 경께서 활약해 주신 덕분에 제국의 검성도 목숨을 잃었으니까요."

"강성준 경의 활약이 컸군요. 제국의 검성을 쓰러뜨리다니……
엄청난 결과입니다."

아피켈의 말에 루토가 동조했다. 다른 해방군 간부들도 고
개를 끄덕였다.

"내일 오후 9시에 붉은 숲을 포위 중인 제국군을 서쪽에서
부터 공격하겠습니다. 아마 제국군의 3개 사단과 전투가 벌어
질 것 같습니다."

루토가 펼쳐 보인 작은 군사 지도에는 붉은 숲을 포위하고
있는 제국군의 배치가 표시되어 있었다. 정밀하지는 않았지
만, 대략적인 움직임을 파악하기에는 무리 없었다.

"내일이군요."

성준이 혼잣말을 중얼거렸다.

아피켈과 루토는 고개를 끄덕였다.

"붉은 숲 거점으로 돌아가서 이 소식을 전하겠습니다."

돌아가서 계획을 전달해야만 거점의 해방군과 숲 밖의 해방군
에 포위를 유지하고 있는 제국군을 향해 협공을 펼칠 수 있었다.

성준은 아피켈과 함께 붉은 숲 거점으로 돌아갔다. 검성 켈
트론이 목숨을 잃은 탓인지 방해는 없었다.

"무사히 돌아오셨군요."

거점으로 귀환하기 무섭게 에리나가 소수의 기사들과 함께
달려와 성준을 반겼다.

"무사히 돌아온 정도가 아닙니다! 에리나 경! 강성준 경께서 13기사회의 검성, 켈트론을 쓰러뜨렸습니다!"

아피켈이 흥분한 목소리로 외치자 기사들의 시선이 성준에게 집중되었다.

"제국의 검성이 졌다는 말입니까?"

"켈트론 경이라면, 13기사회에서도 '배후의 기사'라고 불릴 정도인데……."

기사들은 쉽게 믿지 못했다.

"13기사회의 켈트론을 쓰러뜨렸다는 게 정말이에요?"

에리나도 믿을 수 없다는 표정으로 물었다.

성준은 대답 대신 침묵을 지켰다. 어차피 아피켈이 알아서 다 설명해 줄 것이라고 생각했기 때문이었다.

아니나 다를까, 아피켈이 참지 못하고 먼저 입을 열었다.

"진짭니다. 제가 일격에 쓰러졌는데, 정신을 차려 보니 켈트론은 시체가 되어 있었습니다. 상태도 좋지 않았습니다. 완전 피투성이가 되어 있더군요."

"'배후의 기사'라고 불리는 켈트론이라면…… 실전 경험이 충분한 검성들도 검을 마주하기 까다로운 상대인데…… 정말 대단해요. 로우켈 경의 제자라는 이름이 전혀 아깝지 않아요."

에리나가 말했다. 그녀에게 있어서 로우켈이라는 이름은 특별했다. 그래서 그의 제자라고 밝힌 성준에게도 계속 시선이 갈 수밖에 없었다.

'로우켈 경…… 당신이 남긴 흔적을 나는 지키겠어요.'

그녀는 스스로에게 다짐했다. 검성의 비호를 받는다는 것은 성준에게 있어서 큰 이득이었다. 앞으로 그의 행보에 적지 않은 도움이 될 것이었다.

"하인츠 경은 어디에 있습니까?"

성준이 물었다. 칭찬을 듣는 것도 좋지만 지금은 전달해야 할 소식이 있었다.

"제가 안내해 드리겠습니다."

로브를 입은 마법사가 안내를 자청했다. 그가 먼저 발걸음을 옮기자 성준과 아피켈이 뒤따랐다.

하인츠는 거점 지휘부 건물에서 군 병력을 정비하고 있었다.

"강성준 경! 무사히 돌아오셨군요!"

하인츠가 성준을 반갑게 맞이했다.

아피켈이 그의 옆으로 다가가서 상황을 보고했다.

그의 말을 고개를 끄덕이며 듣고 있던 하인츠는 켈트론이 성준의 검에 의해 패배했다는 부분을 들을 때는 놀란 표정을 지어 보였다.

"13기사회의 켈트론이 죽었다는 말입니까? 정말 기쁜 소식입니다! 이걸로 포위를 제국군의 포위를 돌파하기 쉬워졌습니다!"

해방군의 붉은 숲 거점을 포위하고 있는 제국군의 주력 중

하나인 검성 켈트론이 죽었다?

이것은 엄청난 희소식이었다.

"저희 붉은 숲 거점에는 검성이 두 분이나 계십니다! 승산이 확실해졌어요!"

두 명의 검성은 성준과 에리나를 말하는 게 분명했다. 아피켈은 성준이 리오딘 수정을 필요로 한다는 내용도 보고했다.

하인츠는 고개를 끄덕이며 입을 열었다.

"해방군 본진에서 전리품으로 확보한 리오딘 수정이 꽤 있습니다. 포위를 돌파하면, 드릴 수 있습니다."

"좋습니다. 거점의 병력은 준비되어 있습니까?"

"네. 조금 전에 전투가 끝나긴 했지만 우리는 언제든지 제국군과 싸울 준비가 되어 있습니다."

그는 자신감 넘치는 목소리로 말했다.

"내일이 기대되는군요."

"우리는 반드시 승리할 겁니다!"

그리고 다음 날이 되었다. 약속한 시간이 되자 하늘이 붉게 물들었다.

"신호탄이다!"

망루의 보초가 외쳤다. 대기하고 있던 해방군 병력이 하인츠의 통솔 하에 신속하게 움직였다. 성준은 에리나와 함께 그들의 선봉에 섰다. 해방군은 붉은 숲의 안과 밖을 합쳐서 6만 명으로 8만 명의 제국군보다 숫자는 적었지만 검성이 2명이나 있어서 전황을 유리하게 이끌 수 있었다.

"거, 검성이다!"

에리나가 제국군 진영에 뛰어들었다. 그녀가 검을 휘두르자 응용 검술 중에서도 광역 살상에 효과적인 폭풍검이 발현되었다.

"크아아아악!"

"으아아아악!"

검성의 폭풍검 앞에서 제국군 병력이 무력하게 쓰러졌다. 기사 여단에서 파견한 고위 서열의 기사가 몇 명 있었지만 '검성'을 막을 수는 없었다.

성준도 적극적으로 전투에 참여했다. 황제를 따르는 제국군을 베는 것은 그에게 있어서 즐거운 일이었다.

"거, 검성이 두 명이나 있다!"

"제기랄! 우리에게 승산은 없습니다! 퇴각해야 합니다!"

"황제 폐하의 명령을 수행하는 자랑스러운 제국군의 이름 앞에 퇴각이라는 불명예는 없다! 전진하라!"

사기는 바닥을 쳤지만, 최고 지휘관은 퇴각을 지시하지 않았다. 후방의 독전관들이 일제히 검을 뽑아 들었다. 그들의 검이 탈영을 시도하는 병사들의 목을 쳤다.

-북쪽 600m 지점에 적의 지휘부가 있습니다. 보이십니까?

리슈발트가 말을 마치며 손가락 끝으로 어딘가를 가리켰다. 성준은 그곳으로 시선을 옮겼다. 제국군의 최고 지휘관 깃발이 보였다.

-지휘부 호위대의 규모는 300명 정도입니다. 선행 정찰을 해 본 결과, 특등 살수 2명과 S급 수준의 기사 1명을 제외하면 눈에 띄는 전력은 없었습니다.

그는 계속해서 보고를 이어갔다.

성준의 눈동자가 날카롭게 빛났다.

"3백 명이 아니라, 3천 명이라도 상관없어."

그는 자신감 넘치는 목소리로 말했다. 3천 명의 정예 부대가 지휘부를 지키고 있다고 해도 검성인 성준을 막을 수는 없을 것이었다.

"'하얀 악마'의 행동이 수상하다!"

"우리 측 지휘부를 노리는 것 같습니다!"

"모든 예비 병력을 투입해서 저지하라!"

지휘부는 황급히 병력을 움직였다. 지금 상황에서 명령 체계를 잃게 되면 돌이킬 수 없다는 걸 잘 알고 있었다. 호위대를 지원하기 위해 예비대가 움직였지만, 성준이 훨씬 빨랐다. 그는 순식간에 호위대를 전멸시킨 뒤, 지휘부에 난입했다.

"검성이 여기까지 오다니!"

지휘부 막사를 지키고 있던 대마법사의 마법이 성준에게 쏟아졌다. 동시에 A급 기사가 검을 휘두르며 달려들었지만, 전혀 위협적이지 않았다.

"크악!"

"커헉!"

순식간이었다. 성준이 그들의 곁을 지나치며 검을 휘두르자 모두 붉은 피를 쏟아내며 쓰러졌다. 일순간에 지휘부의 바닥은 그들이 흘린 피로 시뻘겋게 물들었다.

지휘부가 몰살당하고 깃발이 부러졌다. 전장의 제국군은 더욱 심한 혼란에 빠졌고 해방군은 전진했다. 포위를 유지하고 있던 제국군이 전멸할 때까지 하루가 걸리지 않았다. 8만의 제국군이 몰살당했지만, 해방군은 2명의 검성이 활약한 덕분에 전투 규모에 비해 피해가 크지 않았다.

전투가 끝난 뒤, 해방군 병력은 붉은 숲 거점에 집결했다.

"강성준 경!"

목소리가 들리는 방향으로 몸을 돌리니, 아피켈이 달려오고 있었다.

"하인츠 경께서 찾으십니다!"

전리품 문제인 것 같았다.

"지금 가겠습니다."

성준이 대답했다. 그는 아피켈의 안내를 받아서 지휘부 건물로 이동했다. 지휘통제실 안에는 하인츠 말고도 에리나와 루토도 있었다.

"경 덕분에 적은 피해로 승전할 수 있었습니다! 정말 감사합니다!"

하인츠가 먼저 말했다.

루토도 고개를 끄덕이며 입을 열었다.

"강성준 경께서 13기사회의 검성, 켈트론을 처리해 주신 덕분에 전투가 순조로웠습니다. 로우켈 경의 제자이시니, 검성이 전장에서 얼마나 큰 변수로 작용하는지 아실 겁니다. 정말 큰일을 해주셨습니다."

에리나는 말이 없었다. 대신 성준을 향해 신뢰가 담긴 시선을 보내오고 있었다. 그녀는 성준을 처음 만났지만 로우켈의 제자라는 연결 고리 하나만으로도 강한 호감을 느끼고 있었다.

"리오딘 수정은 언제쯤 받을 수 있습니까?"

성준이 물었다. 지구에서의 일도 있기 때문에 너무 오래 자리를 비워두는 것은 곤란했다.

루토는 미소를 지었다.

"가져왔습니다."

"벌써요?"

"아시겠지만, 이곳에서는 워프 게이트라는 게 존재합니다. 소수 인원의 이동은 그야말로 순식간에 이루어지죠. 다른 지방과 연결되어 있지 않은 게 단점이긴 하지만, 이번에는 다행히 테렌시아 지방에 위치한 지부 한 곳에서 리오딘 수정을 확보할 수 있었습니다."

루토가 설명했다. 그는 말을 끝맺으며 아공간을 열었다. 그는 대마법사 중에서도 아공간의 사용에 능숙했다. 열린 아공간에서 캐리어 하나 정도 크기의 상자가 나왔다.

"리오딘 수정 30개입니다."

예상보다 큰 수확이었다. 성준의 입가에 미소가 번졌다.

-기껏해야 10개 정도를 받을 수 있을 거라고 생각했는데……이건 예상외의 결과로군요.

리슈발트가 말했다.

주변에 사람들이 있어서 성준은 고개를 끄덕이지는 못했지만 속으로 리슈발트의 생각에 동조하고 있었다.

"사프시아 지방의 차원 기동부대 거점을 공격해서 전리품으로 얻은 리오딘 수정을 테렌시아 지방의 거점에서 보관 중이었습니다."

성준의 표정에서 속마음을 읽은 하인츠가 설명했다. 차원 기동부대라면 연구 등의 여러 목적으로 리오딘 수정을 꽤 보유하고 있었을 것이었다. 그곳을 공격했다면 대량의 리오딘 수정을 확보한 것도 이상한 일이 아니었다.

"30개면 충분하겠네요."

"무엇이 충분하다는 말씀이신지……? 혹, 곤란한 문제가 아니라면 알려주실 수 있겠습니까?"

루토가 조심스럽게 질문했다.

어차피 지구의 군대를 이계에 상륙시키기 위해서는 해방군의 협조도 어느 정도 필요했기 때문에 성준은 설명을 위하여 차분한 표정으로 입을 열었다.

"혼란스러운 제국을 안정화시키기 위해 지구의 군대를 이곳에 상륙시킬 생각입니다."

그의 말에 하인츠와 루토는 곤란한 표정을 지어 보였다. 이국의 군대를 제국의 영토에 들인다는 것에서 거부감을 느낀 것이었다.

성준도 한 번에 그들의 조력을 받게 될 거라고 생각하지는 않았기 때문에 동요 없이 침묵을 지켰다.

"표정들이 좋지 않네요."

"솔직히 말해서 내키지 않습니다. 사령관님께서도 저희와 같은 생각일 겁니다."

루토가 말했다.

하인츠도 고개를 끄덕였다. 오직 에리나 만이 침묵을 지키며, 입장을 밝히지 않았다.

하지만 성준은 그녀의 생각도 하인츠, 그리고 루토와 크게 다르지 않을 것이라고 추측했다.

"해방군만으로 현 황제를 끌어내릴 수 있다고 생각하는 겁니까?"

성준이 물었다.

날카로운 지적에 하인츠와 루토는 쉽게 대답하지 못했다.

세 사람의 대화를 지켜보고 있던 에리나가 입을 열었다.

"불가능하죠. 군 병력의 수도 차이 나지만…… 황제파 검성의 수만 해도 15명이에요. 그런데 저희는 6명의 검성이 합류했을 뿐이죠. 절대 이길 수 없는 싸움이에요."

냉정하지만 사실이었다.

하인츠는 입술을 깨물었고, 하인츠는 고개를 숙였다. 강대한 군사력을 보유한 제국에 맞서기에는 해방군의 병력은 초라했다.

"하지만 그렇다고 해서 이국의 군대를……."

"이대로 두면 제국은 무너집니다. 아니…… 이곳의 인류가 '전멸'할 겁니다."

"무슨……?"

성준의 말에 루토가 두 눈을 동그랗게 뜨며 물었다. 인류가 전멸할 것이라는 말에 대한 설명을 요구하는 듯했다.

"설명하는 것보다 직접 보는 게 빠르겠군요."

품속에서 꺼낸 것은 작은 원통이었다.

"이게 뭔가요?"

에리나가 물었다.

"제국에서 보관하고 있던 정찰총국의 보고서입니다. 암호화되어 있었는데 제 휘하의 마도학자가 해독해 두었습니다. 내용은…… 한 번 직접 읽어보시죠."

테이블 위에 올려진 원통에 해방군 관계자인 세 사람의 시선이 집중되었다. 다들 호기심으로 눈동자를 빛내는 가운데, 루토가 먼저 원통을 집어 들었다.

"실례가 되지 않는다면, 작전 참모인 제가 먼저 읽어봐도 되겠습니까?"

"저도 루토 경이 먼저 읽는 게 좋을 것 같습니다."

하인츠가 말했다. 에리나도 말은 하지 않았지만 고개를 끄덕이는 것으로 찬성의 뜻을 밝혔다.

루토는 긴장한 표정으로 원통을 열고 보고서를 꺼내 읽기 시작했다. 처음에는 무표정에 가까웠지만, 시선이 보고서의 끝과 가까워질수록 점차 심각한 표정을 짓게 되었다.

"종족 연합이 드디어 미쳤군요! 마족을 소환하려고 하다니!"

떨리는 목소리로 루토가 말했다.

"마족이라고 했습니까? 저도 읽어보겠습니다."

하인츠는 루토가 들고 있는 보고서를 빼앗아 들다시피 해서 읽었다.

그리고 마찬가지로 경악한 표정이 되어서는 입을 열었다.

"정찰총국의 보고서가 틀림없군요. 강성준 경…… 이걸 어디서 찾으셨습니까?"

"테렌시아 왕립 도서관의 지하에서 찾았습니다. 기사 여단 서열 11위가 지키고 있더군요."

"이건 사령관님께 알려야 할 것 같습니다. 상황이 생각보다 심각하다는 걸 강성준 경 덕분에 지금에라도 알게 되었군요. 정말 감사합니다."

하인츠가 고개를 숙였다.

"마족 소환 계획이 진행 중이라면…… 이국의 군대의 힘을 빌려서라도 제국을 빨리 안정시켜야 합니다. 그래야 제시간에 대응할 수 있겠죠."

루토가 말하는 사이, 에리나는 하인츠에게서 보고서를 건네받아 읽었다. 보고서를 끝까지 읽은 그녀의 표정도 두 사람과 크게 다르지 않았다.

"황제도 미쳤네요. 뱀파이어령의 마족 소환 계획을 알고도 침묵하다니……."

그녀는 답이 없다는 표정으로 고개를 저었다.

"뱀파이어령에서 말하는, 자신들의 과거의 영광을 재현하기 위해 마족을 소환하려는 것 같더군요. 당연한 말이지만 마족의 군대가 대륙에 상륙하면 난리가 날 겁니다."

성준이 말했다.

"사령관님께 이 보고서를 전달하겠습니다. 마족 소환 계획까지 나온 상황이라…… 이국의 도움을 받는 것에 대한 반대는 없을 것 같습니다. 아니, 오히려 저희 쪽에서 요청을 할지도 모르겠군요."

루토가 말했다. 성전은 고개를 끄덕이며 입을 열었다.

"그럼, 저는 돌아가서 군대를 준비하겠습니다."

제국의 일반 병사들은 마물과 같은 마력 피부가 없기 때문에 현대 무기가 통한다. 인간을 초월한 기사나 대마법사 같은 이들을 상대할 때는 조금 곤란하겠지만, 헌터들이 군에 합류하기도 했고, 해방군에서 정예 병력을 지원해 준다면 큰 장애물이 되지는 않을 것이었다.

"부탁드리겠습니다."

"걱정 마세요. 하인츠 경. 다음에 돌아올 때는 저 혼자가 아닐 겁니다."

대화가 끝나고 성준은 지휘부 건물에서 나왔다. 하인츠와 루토는 해방군 사령관에게 보고하기 위해 움직였고, 에리나는 성준을 뒤따라 나왔다.

"에리나 경? 저한테 할 말이라도 있습니까?"

성준이 물었다. 그의 시선은 어둠이 깔리기 시작한 하늘을 올려다보고 있었다.

"강성준 경. 나는 경의 스승인 로우켈 경의 동료였어요."

"알고 있습니다."

모를 리가 없었다. 군이 설명하지는 않았지만, 성준의 전생은 로우켈이었고, 그 기억은 대부분 남아 있었으니까.

"힘든 일이 있으면…… 언제라도 나한테 말해요. 내가 도와

줄게요."

그녀에게 있어서 로우켈은 특별한 존재였다. 그래서 그의 제자라고 밝힌 성준을 가능하면 힘닿는 데까지 돕고 싶었다.

특별한 감정이 생긴 것은 아니었다. 어쩌면 책임감에 가까운 감정일지도 몰랐다.

"그냥…… 이 말을 하고 싶었어요. 시간 뺏어서 미안해요."

에리나는 희미한 미소를 지으며 말했다.

성준은 고개를 돌려 그녀에게 시선을 보내며 입을 열었다.

"경께서 인연을 지금까지 기억하고 계시다는 걸 스승님께서도 아시면 기뻐할 겁니다."

말을 마치며, 성준은 귀환석을 들어 올렸다.

"이제 가는 건가요?"

"가야죠. 저쪽에서 해야 할 일도 많으니까요."

"무사히 돌아오길 빌게요."

귀환석에 마력을 불어 넣자 백색의 빛 무리가 그를 감쌌다. 감았던 눈을 다시 떴을 때는 제로스의 마법 공방이었다.

"돌아오셨습니까?"

마침 제로스는 차원 관문 근처에서 투명한 유리병에 든 액체를 관찰하고 있었다. 그래서 성준의 귀환을 바로 알아채고는 환영 인사를 건넸다.

성준은 대답 대신 '발트거의 차원 주머니'에서 리오딘 수정 30개가 담긴 상자를 실험대 위에 올렸다.

"설마 이게 다 리오딘 수정입니까?"

"열어봐."

성준은 입가에 미소를 머금은 채 말했다.

제로스는 긴장한 표정으로 상자를 열었다. 안에는 리오딘 수정이 가득했다. 제로스의 표정이 밝아졌다.

"리오딘 수정이군요. 이걸 어디서 구하셨습니까?"

"13기사회의 검성을 죽이고 해방군을 도와준 대가로 받았지."

"제국의 검성을 죽였다는 말씀이십니까? 역시 강성준 경은 대단하시군요. 실례가 되지 않는다면 그의 이름을 알 수 있겠습니까?"

"켈트론이야. 너도 아마 아는 기사일걸?"

성준의 대답에 제로스는 고개를 끄덕였다.

"친했던 사이는 아니지만 이름 정도는 들어봤습니다. 제 기억이 정확하다면 발리안의 측근이었을 겁니다. 설마 검성이 되어서 13기사회의 일원이 되었을 것이라고는 생각도 하지 못했습니다."

"지금 13기사회는 최고 기사가 된 발리안이 완전히 장악했다고 하더라."

이계의 정보 길드를 이용하기도 했고 해방군에서 들은 것도 조금 있기 때문에 13기사회의 상황은 대강 알게 되었다.

"그건 그렇고, 이 정도면 충분하지?"

리오딘 수정 30개면 성준이 알기로도 적지 않은 양이었다.

하지만 군대가 움직이는 일이니, 제로스가 부족하다고 할 수도 있을 것이다. 그러면 다시 이계로 향해야 하기 때문에 그는 긴장한 표정으로 제로스를 응시했다.

"군대가 이동한다는 걸 가정하면 영구적인 차원 관문을 만드는 건 불가능합니다. 그래도 한 번 정도는 이계에 상륙할 수 있을 겁니다."

"그럼 됐어. 나머지는 현지에서 리오딘 수정을 조달해서 보급하면 돼."

지금은 해방군이라는 조력자가 생겼으니, 성준이 혼자 리오딘 수정을 모으고 다니는 것보다 상황이 훨씬 나아졌다.

"나머지는 정철이한테 말해야겠네."

성준은 혼잣말에 가까운 목소리로 말했다.

한국과 미국, 그리고 러시아의 이계 상륙을 위한 연합군 문제는 정철과 제시카가 맡아서 해결하고 있었다.

성준은 고생하고 있을 두 사람을 떠올리며 희미한 미소를 머금었다.

"그전에 키메라 병기들을 확인하고 가시겠습니까? 개조가 막 끝난 참입니다."

"그래? 데려와."

"잠시만 기다려 주시겠습니까?"

고개를 끄덕이자 제로스가 잠시 자리를 비웠다. 다시 왔을 때는 갑주를 갖춰 입은 2명의 기사와 함께였다.

-소이드와 토벤이군요.

리슈발트가 말했다.

처음 봤을 때와는 분위기가 완전히 틀리기도 했고 투구의 면갑으로 얼굴을 가리고 있어서 성준은 한눈에 알아보지 못했다.

"어느 정도로 개조가 된 거야?"

"오우거의 근육을 압축 이식하고 트롤의 피를 주입했습니다. 가장 기본적인 키메라의 형태라고 생각하시면 편합니다. 그리고 안전을 위해 '충성의 룬'을 각인하는 작업도 끝냈습니다."

완벽한 일 처리. 역시 제로스였다.

"오우거의 근육이랑 트롤의 피는 어디서 구한 거야?"

보통 마물들은 목숨을 잃고, 마정석을 회수하면 역소환된다. 그것은 던전 말고 레이드 상황에서도 동일 적용되는 일종의 규칙 같은 거였다.

"박정철 씨가 구해주시더군요. 저도 자세히는 모르겠습니다."

제로스가 대답했다.

정철이 해결해 준 모양이었다. 충성 문제는 룬을 각인했으니 걱정할 필요 없을 것 같았다. 룬의 효과는 한석에게 사용해 본 경험이 있기에 성준도 잘 알고 있었다.

마지막으로 성준은 두 키메라 기사에게 충성의 룬이 제대로 각인되어 있는지 확인만 끝낸 뒤, 정철이 있는 곳으로 발걸음을 옮겼다. 연합군 문제를 해결했을 것이란 기대를 품고서.

4장
이계 상륙작전

B동의 서재 문을 열고 들어가자 책상 앞에 앉아서 컴퓨터로 업무를 처리하고 있는 정철의 모습이 보였다.

그는 반갑게 성준을 맞이했다. 두 사람은 짧게 안부를 주고받은 뒤, 바로 본론으로 들어갔다.

"길드장님께서 이계를 방문해 계시는 동안 연합군 문제로 청와대, 그리고 백악관과 접촉했습니다."

"반대 여론은 완전히 가라앉은 건가?"

"물론입니다. 청와대와 백악관에서는 이미 연합군에 참여할 부대를 편성하고 있습니다. 미국에서 찬성한 문제이니…… 지금의 러시아는 당연히 따라올 수밖에 없고요."

정철이 설명했다.

현재 러시아 대통령인 표트르가 미국의 사람일 뿐만 아니라, 성준이 러시아군의 절반을 통솔할 수 있는 권한까지 가지고 있으니, 반대할 여력이 없었다.

"빠르면 일주일 안에 연합군이 준비될 겁니다. 선봉은 한국군이 맡기로 했습니다. 연합군은 연합사령부의 지휘를 받게 됩니다. 선봉군은 상륙군 사령부의 지휘를 받게 됩니다. 한국군의 일부 병력이 재편성되었습니다. 편제는 여기 적혀 있습니다. 한 번 확인해 두시는 것도 좋을 것 같습니다."

말을 마치며 보고서 1장을 꺼내 성준에게 건네는 정철이었다. 그것을 받아든 성준은 눈동자를 빠르게 움직여 훑었다.

[상륙군 사령부 편제]
제1기갑여단.
제1항공여단.
제1공수특전여단.
제1이능특전여단.
제1기갑여단.
제1포병여단.
제1공병여단.
제1보병사단.
제2보병사단.

제3보병사단.

제1통신여단.

제1상륙지원여단.

선봉에 불과하지만 '상륙군'이라는 이름에 걸맞은 대규모 병력 편성이었다. 처음 보는 '이능특전여단'이라는 이름의 부대는 아마도 헌터들로 구성된 부대를 말하는 것 같았다.

"이 정도면 선봉으로는 충분해."

"그리고 한 가지 더 보고드릴 내용이 있습니다."

"말해."

성준은 책상 위에 보고서를 다시 올려두며 말했다.

"북한에서 사람이 찾아왔습니다. 길드장님을 뵙고 싶다고 했는데, 자리에 계시지 않아서 일단 기다리라고 해두었습니다. 근처 호텔에서 지내고 있을 겁니다."

"날 찾아올 사람은 없는 것 같은데……"

북한에서의 일은 다 해결되었다. 그렇기 때문에 당연히 성준은 그쪽에서 누군가 자신을 찾아올 것이라고 생각조차 하지 못했다.

"오늘 저녁에 찾아간다고 전해."

"알겠습니다. 연락해 두겠습니다."

성준의 말에 정철은 고개를 끄덕였다. 더 기다리라고 말할 수도 있겠지만 북한에서 무슨 용무로 찾아왔는지 궁금하기도 했다.

"그리고 이건 그동안 있었던 일들에 대한 약식 보고서입니다. 특별한 일은 없었지만, 한 번쯤은 훑어보시는 게 좋습니다."

정철은 말을 마치며, 약식 보고서를 건넸다.

성준은 그것을 받아들고는 본채에 있는 서재로 돌아갔다. 전화 통화를 하는 것으로 설아에게 무사 귀환을 알린 성준은 약식 보고서를 집어 들었다. 정철은 간단하게 훑어보면 될 것이라고 말했지만 양이 제법 많았다.

"이걸 언제 다 읽냐……."

귀찮았지만 꼭 읽어야 했기 때문에 그는 짧은 한숨과 함께 약식 보고서를 들어 올렸다. 전부 읽고 시계를 확인했다. 어느새 오후 5시가 되어 있었다.

"길드장님. 이제 시간이 되었습니다."

"아, 잠깐만……."

예상대로 정철이 찾아왔다.

성준은 옷을 갈아입은 뒤, 복도로 나왔다. 정철은 차분한 표정으로 성준을 기다리고 있었다. 그 옆에는 한석도 있었다.

"호텔까지 모시겠습니다."

성준은 정철, 그리고 한석과 함께 준비된 차를 타고 호텔로 이동했다.

"어디로 가면 돼?"

"제가 미리 연락을 해두었습니다. 호텔 라운지에서 기다리고 있겠다고 합니다."

성준의 물음에 정철이 대답했다. 공개된 장소에서 보자고 하는 걸 보니, 심각한 이야기가 오고 갈 것 같지는 않았다.

성준은 두 사람을 향해 시선을 옮기며 입을 열었다.

"근처에서 쉬고 있어."

"제가 수행하겠습니다."

한석이 지원해서 나섰다. 룬의 영향으로 인해 성준에 대한 충성심이 컸다.

"그래…… 한 명 정도는 있어도 되겠지."

성준은 고개를 끄덕였다. 눈치 빠른 정철은 먼저 고개를 숙이며 물러났고 성준은 한석과 함께 호텔 라운지로 발걸음을 옮겼다.

북한에서 왔다는 사람을 찾는 건 어렵지 않았다. 라운지에 들어서기 무섭게 익숙한 얼굴이 눈에 들어왔기 때문이었다.

"오랜만에 뵙습니다. 강성준 헌터님."

리정수였다. 그는 성준이 북한에 있을 때 많은 도움을 줬었다.

"리정수 상좌……?"

성준은 기억 속에서 그의 이름을 떠올리고는 손을 내밀었다. 정수는 반가운 표정으로 성준이 내민 손을 잡고 악수했다.

"2계급 특진해서 지금은 소장입니다. 소속도 인민무력부에서 호위사령부로 옮겼고요."

인민무력부장이었던 리해성이 위원장이 된 이후, 북한에도 많은 변화가 있었던 모양이었다.

"아…… 그렇군요. 축하드립니다. 그런데, 여기까지는 무슨 일로 오신 건가요?"

"실은, 남한에서 이게 상륙군 선봉을 맡는다는 소식을 전해 들었습니다."

정수의 물음에 성준은 고개를 끄덕였다. 비밀리에 진행되는 일은 아니었다. 조금만 이목을 집중하면 알 수 있을 정도였다. 북한도 눈과 귀가 있으니, 모를 리가 없었다.

"그것 때문에 찾아오신 겁니까?"

성준이 날카롭게 물었다.

정수는 입가에 희미한 미소를 머금은 채 입을 열었다.

"들켰네요. 역시 강성준 헌터님께서는 예리하십니다."

"자원이 목적입니까?"

직설적으로 물었다. 이게도 사람이 살아가는 땅이기 때문에 '자원'이라는 게 존재했다.

성준은 전문가가 아니라서 자세히는 몰랐지만, 지구보다 많은 자원이 잠들어 있을지도 모른다는 생각이 가끔 들기도 할 정도였다. 경제적으로 어려운 북한이라면 충분히 욕심을 낼

법했다. 이해가 가지 않는 행동은 아니었지만 인제 와서 황급히 숟가락을 얹는 행동이 마음에 들지 않았다.

'솔직히 북한군 전력이 선봉에 합류한다고 해서 큰 도움이 될 것 같지가 않다……'

성준은 냉정하게 생각했다.

'북한에서 도움을 받기는 했지만, 그걸로 얽매일 수는 없어.'

그의 눈동자가 차갑게 빛났다. 이제 남은 것은 뻔하기는 하지만 정수의 변명을 듣고서 미리 정해둔 대답을 말해주는 것이었다.

"전혀 아닙니다. 저희는 오직 강성준 헌터님에게 도움이 되기 위해 이런 결정을 내렸습니다."

일순간이지만 정수의 눈동자에서 탐욕의 빛이 번뜩이는 것을 성준은 놓치지 않았다.

-언제부터 북한이 주군께 충성을 다했습니까? 뚫린 입이라고 마구 뱉어내는군요.

리슈발트의 목소리에서 불쾌한 감정이 여과 없이 묻어 나왔다. 정수를 앞에 두고 있기 때문에 고개를 끄덕이거나 대답하지는 못했지만, 마음속으로는 리슈발트에게 동조했다.

"정말 그렇습니까? 그러면 이계의 자원을 분배받을 생각이 없다는 말씀이시지요? 원하신다면 제가 그렇게 처리할 수도 있습니다."

"아, 아니…… 그럴 수는……."

정수가 당황하는 게 눈에 훤히 보였다.

성준은 입꼬리를 슬쩍 끌어 올렸다.

"대한민국과 미국, 그리고 러시아…… 이 3국이 국제 사회의 반대를 분쇄하면서 조약을 파기하고 연합군을 결성하는 동안 북한은 뭘 했습니까? 인제 와서 자원을 노리고 숟가락만 얹는 행동은 비양심적이라고 생각하지 않습니까?"

날카로운 지적이었다. 묵직한 뼈가 있는 말에 정수는 쉽게 반박하지 못했다.

'이, 이렇게 단호한 사람이었나……?'

정수는 마른침을 삼켰다. 예전에 북한에서 암살 시도가 있을 것이라는 사실을 성준에게 알려준 적이 있었다. 그래서 그와 가까운 사이가 되었다고 생각했던 것이었다. 아쉽게도 그것은 큰 착각이었다.

성준이 그를 좋게 보고 있는 것은 사실이었지만, 결코 가까운 사이라고 생각하지는 않았다. 오직 정수와 북한 고위층의 행복 회로였던 것이다.

"대한민국 정부와 무슨 이야기가 오고 갔는지는 저도 모릅니다. 하지만 저는 연합군과 관련해서 가장 많은 권한을 가지고 있습니다. 단언컨대, 북한군이 연합군에 편성되는 일은 없을 겁니다."

"강성준 헌터님. 저희가 잘못했습니다. 더 이상 연합군에 참석하겠다는 억지를 부리지 않겠습니다. 부디, 너그럽게 용서해 주십시오!"

정수는 고개를 숙였다. 평소 막무가내의 모습을 보여주던 북한이 성준의 한마디에 억지 부리는 것을 그만두고 뜻을 접은 것이었다. 이 정도로 SSS급 헌터의 영향력은 굉장했다.

'SSS급 헌터를 결코 적으로 돌려서는 안 된다……!'

현 북한의 수령으로 있는 리해성의 지시였다. 정수는 그것을 되새기며 더욱더 고개를 숙였다.

그 모습을 본 성준은 짧은 한숨과 함께 입을 열었다.

"고개를 들어요. 그리고 북한으로 돌아가서 전하세요. 조용히, 지금처럼만 있으면 별일 없을 거라고."

생각보다 정수가 저자세로 나온 탓에 화낼 이유가 사라졌다. 위협과 경고도 이 정도면 충분하다고 생각되었다.

"가, 감사합니다! 상부에 확실하게 전달해 두겠습니다!"

정수가 떠났다. 성준은 한석을 향해 고개를 돌렸다.

"정철이 불러와. 그리고 청와대랑 전화 연결해."

"대통령과 바로 연결합니까?"

성준의 기분이 썩 유쾌하지 않다는 것을 눈치챈 한석은 조심스럽게 물었다. 성준은 대한민국의 대통령과 전화를 언제라도 직통으로 연결할 수 있는 몇 안 되는 사람이었다.

"응. 직통으로."

"알겠습니다."

호출을 받은 정철이 멀리서 뛰어오는 모습이 보였고 한석은 스마트폰으로 청와대에 전화를 걸었다. 이윽고 정철이 도착할 때 즈음이 되자 한석도 대통령과의 연결된 스마트폰을 성준에게 건넸다.

"대통령님. 그간 안녕하셨습니까?"

성준은 본론에 들어가기 전에 가볍게 안부를 물었다. 서론을 꺼내거나 안부를 묻는 것은 별로 좋아하는 대화 방식이 아니었지만 그래도 상대는 대한민국의 대통령이었으니, 최소한의 예의를 갖추는 것이었다.

-네. 저는 별일 없었습니다. 강성준 씨는 평안하셨나요?

"별일 없다고 할 수도 있겠지만, 조금 거북한 일이 있긴 했네요. 청와대에서 저 몰래 북한이랑 이야기만 하지 않았다면 더 편안히 지낼 수 있었을 겁니다."

대통령은 대답이 없었다. 대신 스마트폰 너머로 나지막하게 웅성거리는 소리가 조금 전해지는 듯했다. 갑작스러운 상황 발생으로 곁에 있는 보좌진들과 이 문제를 의논하는 것 같았다. SSS급 헌터인 성준은 대한민국의 대통령조차 쉽게 대할 수 있는 상대가 아니었다.

-저어, 강성준 씨……?

기다림은 길지 않았다. 3분 정도였다. 대화를 이어가기 위해 대통령이 조심스럽게 말을 걸어왔다.

"말씀하세요. 저는 듣고 있습니다."

-이번 일은 청와대의 실수가 있었던 모양입니다. 앞으로는 이런 일이 없을 겁니다. 제가 약속하겠습니다.

"아…… 그렇습니까? 청와대 보좌진의 독단이었다면, 이번만큼은 넘어가겠습니다. 하지만 다음은 없습니다."

-감사합니다.

대통령은 이번 일은 청와대 탓으로 돌리고 체면도 차리면서 책임을 피할 생각인 것 같았다. 성준도 이번만큼은 그 장단을 맞춰주기로 했다.

"루토 경……. 그러니까, 지금 내가 경의 말을 제대로 이해했다면…… 이국의 군대가 제국에 상륙할 계획이 있는 것 같은데…… 사실인가?"

"정확합니다. 페이드 후작님."

해방군의 작전 참모, 대마법사의 경지에 오른 S급의 실력자인 루토가 페이드 후작을 향해 고개를 살짝 숙이며 대답했다.

"에리나 경은 어떻게 생각하는가?"

페이드의 시선이 벽에 기대어 있는 에리나에게 향했다. 밀실 안에는 그녀와 페이드, 그리고 루토가 있었다.

"저보다 후작님이 더 잘 알고 있지 않겠죠?"

에리나가 대답했다. 입가에는 가벼운 미소를 머금고 있었다.

페이드는 과거 제국에서 있었던 피의 숙청에서 살아남았을 뿐만 아니라, 지금까지 해방군 간부 신분을 들키지 않은 채 제국의 동부 방면군사령관을 맡고 있을 정도로 치밀하고 생각이 깊었다.

"확실히…… 지금 해방군의 전력으로는 황제를 끌어내리는 게 힘들다네."

인정할 수밖에 없는 사실이었다. 페이드는 제국군과 해방군, 두 세력에서 높은 직위에 몸을 담그고 있었기 때문에 그들의 전력 차이가 어느 정도인지 냉정하게 알고 있었다.

"페이드 후작님께서도 찬성하신다는 말씀이십니까?"

루토가 물었다.

"루토 경…… 리블하인 대공과 뱀파이어령의 마족 소환 계획을 저지하기 위해서는 하루라도 빨리 제국이 안정화되어야 하지 않겠나?"

"저도 후작님의 의견에 동의합니다."

"에리나 경은?"

페이드의 시선이 에리나에게 향했다. 그녀는 미소와 함께 입을 열었다.

"제가 반대할 이유가 있나요?"

처음부터 대답은 정해져 있었던 걸지도 몰랐다.

"청와대에서 길드장님이 상륙군 사령관 직책을 맡아주기를 요청했습니다."

정철이 보고했다. 예상외의 요청이었기 때문에 성준은 영문을 알 수 없다는 표정으로 입을 열었다.

"상륙군 사령관을 군인도 아닌 내가 맡는다고?"

"이번에 헌터들이 군 편제에 합류하면서 '특위'와 '특령'이라는 전용 계급이 만들어졌습니다. 미약하긴 하지만 지휘권도 분명 있습니다. 아마, 길드장님께서 상륙군 사령관을 맡게 되더라도, 실질적인 지휘는 참모부에서 맡을 것으로 보입니다."

"명예직이라고 보면 되겠네."

"그렇습니다. 이번에 북한과의 일 때문에 청와대에서 사과의 의미로 신경을 조금 쓴 것 같습니다."

명예직이라고 해도 그럴싸한 감투를 쓰게 되면 기분이 불쾌할 리가 없었다. 대통령과 청와대도 생각이 전혀 없는 바보들은 아닌 모양이었다.

"위로가 되는 건 아니지만 받아두는 게 좋을 것 같네."

성준이 말했다.

정철도 고개를 끄덕였다.

"그렇습니다. 지휘권이 약하다고는 하지만, 상륙군 사령관이라는 직위를 가지고 있으면 여러 면에서 도움이 될 겁니다."

"좋아. 청와대에 받아들인다고 전달해."

상륙군 사령관 직책을 받아들이겠다는 성준의 뜻이 정철에 의해 청와대에 전달되었다. 임명 절차는 청와대에서 이루어졌고 뉴스 채널을 통해 생중계되었다.

오전에 임명 절차가 끝났고 오후에는 참모진들과 인사를 나누기 위해 상륙군 사령부를 방문했다.

"길드장님. 미리 말씀드리는 거지만, 국제 조약이 깨지고 헌터가 정규군에 편성된 걸 별로 안 좋아하는 군인들이 많습니다. 특히나 미약하다고는 하지만 그런 헌터의 지휘를 받는다는 걸 별로 좋아하지 않을 겁니다."

정철이 말했다.

성준은 발걸음을 잠시 멈췄다. 바로 앞에 상륙군 사령부 건물이 있었다. 여기서 대화를 끝내고 들어갈 필요가 있었다.

"그 정도는 예상하고 있었어."

"청와대에서 먼저 제안한 것이니…… 큰 반발은 없겠지만 길드장님께서 불쾌해하실 만한 일들이 생길 수도 있습니다."

성준이 SSS급 헌터라고는 하지만 세상에는 무조건 고개를 숙이는 사람들만 있는 게 아니기 때문에 주의할 필요가 있었다.

"내 성격 알지?"

"물론입니다. 제가 길드장님을 최측근에서 모셨는데, 그 정도도 모르겠습니까?"

정철은 대답과 함께 옅은 미소를 입가에 그렸다. 짧지 않은 시간 동안 성준을 곁에서 보좌했으니, 그의 성격을 모를 리가 없었다.

"물론 적당히 기선을 제압하는 것도 좋다고 생각합니다."

"좋아, 가자."

상륙군 사령부 건물을 향해 다시 발걸음을 옮기기 시작했다.

"로드 길드의 강성준 헌터님, 그리고 박정철 헌터님 되십니까?"

정문에 다다르자 중위 계급의 장교가 조심스럽게 다가와 물었다. 정철이 성준을 대신하여 고개를 끄덕이자 중위는 관등성명을 말하는 것으로 자신을 소개했다.

"참모부까지 안내해 드리겠습니다."

중위가 앞서나가자 성준과 정철이 뒤따랐다. 그들은 승강기를 타고 5층에서 내렸다.

중위가 발걸음을 멈추며 입을 열었다.

"이곳 5층은 참모부에서 사용하고 있습니다. 이쪽 복도 끝에 있는 상황실에서 참모 장교님들이 기다리고 있습니다."

중위의 말대로 넓고 긴 복도 끝에 방이 하나 있었다. 성준은 정철과 함께 발걸음을 옮겼고 중위는 승강기를 타고 돌아갔다.

문 앞에 도달한 성준은 정철과 짧게 시선을 교환하고는 먼저 문을 열고 들어가며 내부를 살폈다.

넓은 상황실 안에 참모 장교들이 대열을 갖춘 채 서 있었다. 모두 30명 정도 되는 숫자였고 그들의 앞에 준장 1명과 대령 1명이 서 있었다.

"참모부 규모가 생각보다 큰 것 같은데……?"

"저도 자세한 건 모르지만…… 이계의 군대와 대적하는 경우가 처음이라…… 모든 변수에 대처하기 위해 규모를 늘렸다는 것 같습니다."

성준과 정철이 작은 목소리로 짧은 대화를 나누었다.

대화가 끝나자 준장이 앞으로 한 걸음 걸어 나오며 경례했다. 그러자 다른 참모 장교들도 성준을 향해 경례를 했다.

그들의 입장에서 성준은 '상관'이기 때문에 먼저 거수경례를 해야만 했다.

'환영을 기대하지는 않았는데…… 이건 좀 심하네…….'

참모장과 장교들의 표정으로 속마음을 조금이나마 읽을 수 있었던 성준은 눈살을 살짝 찌푸렸다. 생각보다 아니꼽게 생각하는 이들이 많아 보였다. 다들 표정 관리를 하고 있었지만,

성준의 눈을 속일 수는 없었다.

그나마 다행인 점은 소수였지만 성준을 향해 반가운 감정을 드러내는 이들도 있다는 것이었다.

"참모장 정석진 준장입니다."

"작전 참모 이한규 대령입니다. 모시게 되어서 영광입니다."

참모 장교들의 대열 앞에 있던 두 사람이 먼저 다가와 관등성명을 말하는 것으로 간단한 소개를 했다.

성준은 눈동자를 빠르게 움직여 그들의 표정을 다시 한번 확인했다.

참모장이라고 소개한 준장 계급의 정석진은 대놓고 불쾌하다는 감정을 드러내고 있었다. 그래도 별을 달고 있다는 자부심이 있어서 그런지 본인의 감정을 여과 없이 드러내고 있었다.

솔직한 성격이 나쁜 건 아니지만 너무 노골적이다 보니 성준도 눈살을 찌푸리게 되었다.

그와는 반대로 스스로를 작전 참모라고 소개한 이한규 대령은 성준에게 호의적인 시선을 보내고 있었다.

"사령관님께서는 지휘 교육을 받지 않으셨다고 들었습니다. 그래도 걱정하지 않으셔도 됩니다. 참모부에 모든 걸 맡겨주신다면, 저희가 해결하겠습니다."

얼핏 들으면 배려해 주는 것으로 보일 수도 있겠지만 차분하게 분석하면 성준은 전문 교육을 받지 않았으니, 가지고 있는 미약한 지휘권도 가능하면 행사하지 말아달라는 기분 나쁜 뜻이 담겨 있었다.

"그러니까, 제 도움은 필요 없다는 말인가요?"

"솔직하게 말씀드리자면…… 그렇습니다."

성준의 물음에 석진이 대답했다. 군부를 대표해서 성준을 견제하라는 명령이라도 받은 것인지 지나치게 솔직한 모습을 보였다.

"이계의 군대가 어떻게 나올지 모르지 않습니까? 그래도 이계에 대해 조금이라도 알고 있는 제 도움이 있는 게 좋지 않겠습니까?"

마음 같아서는 바로 송곳니를 드러내고 싶었지만 현 상황에서는 좋지 않은 영향만 줄 것 같았다. 그래서 성준은 차분하게 마음을 가라앉힌 뒤, 참모장의 의견을 재확인하기 위해 질문을 던졌다.

"모든 변수에 대응할 수 있도록, 편성된 참모부가 바로 저희입니다. 크게 걱정할 필요는 없을 겁니다."

석진은 과하다는 생각이 들 정도의 자신감을 나타냈다.

한규는 그의 옆에서 성준의 눈치를 살피다 조심스럽게 입을 열었다.

"정 준장님. 아무리 그래도…… 참모 장교들이 모두 보고 있는데, 사령관님한테 말이 조금……."

"자네는 가만히 있게."

석진의 계급이 더 높았기 때문에 한규는 더 이상 이의를 제기할 수 없었다. 성준은 입술을 살짝 깨물었다.

-참모 장교들 앞에서 기선을 제압해 둘 생각인 것 같습니다.

리슈발트가 말했다. 성준은 고개를 끄덕이지는 않았지만 속으로 그의 의견에 동조했다.

"이계의 군대에는 기사나 마법사와 같은 초인들이 많습니다. 상륙군이 감당할 수 있겠습니까?"

"물론입니다. 국제 조약의 파기로 상륙군 또한 헌터 병력을 갖추었으니, 전술적으로 충분히 대응할 수 있다고 판단됩니다."

목소리에서 자신감이 넘쳤다.

석진은 입꼬리를 끌어 올렸다. 기분 나쁜 미소였지만 다른 이들에게는 보이지 않았다.

성준은 어이가 없었다. 이렇게 노골적으로 적의를 표현할 줄은 몰랐다. 어쩌면 상륙군 사령관 직위를 받아들인 게 군부에 대한 도전으로 받아들여졌을 수도 있을 것이다.

석진도 더 높은 장군의 지시를 받고 행동 중일 확률이 높다고 생각되었다.

"그렇군요. 참모장님의 의견은 잘 알겠습니다. 저도 쓸데없는 트러블이 생기는 건 원하지 않으니까, 상륙작전에 관여하지 않겠습니다."

"현명한 판단이십니다. 사령관님은 전투에나 집중하시는 게 좋을 겁니다."

"무슨 말씀인지 모르겠네요. 저는 방금 '관여'하지 않겠다고 말했습니다."

성준이 미소를 머금은 채 말하자 석진의 포커페이스가 흔들렸다.

"무, 무슨……? 설마……."

"맞습니다. 저는 물론이고 로드 길드의 어떤 무력 지원도 없을 겁니다."

"그건 말도 안 되는……."

"뭐가 말이 안 되는지 모르겠네요. 조금 전에 상륙군 사령부의 힘만으로 다 해결할 수 있다고 하지 않았습니까? '정중한 요청'이 있기 전까지 저는 뒤에서 지켜보고 있을 테니까, 잘 해보라는 말입니다."

석진의 표정이 썩어들어 갔다.

"그럼 저는 용무가 바빠서 가보겠습니다. 수고하세요."

성준은 말을 마친 뒤, 정철과 함께 상황실을 나섰다. 한규는 석진의 눈치를 살피다 두 사람을 뒤따랐다.

"사령관님!"

"무슨 용무입니까?"

정철이 먼저 발걸음을 멈추고서 한규를 보며 물었다. 이윽고 성준도 한규를 향해 고개를 돌렸다.

"정석진 준장님의 언행에 대해서는 제가 대신 사과드리겠습니다."

그는 고개를 숙였다.

"일단은 알겠습니다. 돌아가 보세요."

"정말 죄송합니다."

한규는 다시 한번 경례를 올린 후, 물러났다. 성준은 정철과 함께 상륙군 사령부 건물에서 나와서 대기하고 있는 차량에 올라탔다. 운전석에는 한석이 앉아 있었다.

"정석진 참모장이 '정중한 요청'을 해올 거라고 생각하십니까?"

정철이 조심스럽게 물었다.

성준은 고개를 끄덕이며 입을 열었다.

"장담하는데, 내가 없으면 상륙군은 제국의 영토에서 일주일도 못 버틸 거야."

상륙군 사령부의 참모 장교들은 분명 뛰어난 엘리트들로 구성되어 있었다. 하지만 그들은 제국군의 전술에 대해 아는 게 없었다. 그에 비해 최고 기사였던 로우켈의 전생을 기억하고 있는 성준은 그들에 대해 너무나 잘 알고 있었다.

"저택으로 돌아갑니까?"

"그래. 일단 돌아가자."

한석의 물음에 성준이 대답했다. 기분 나쁜 일이 있었지만,

그는 지금 여유로웠다.

⚜

저택으로 돌아간 성준이 가장 먼저 한 일은 제로스를 호출하는 것이었다. 서재에 앉아서 10분 정도 기다리자 익숙한 인기척이 점차 가까워지더니 노크 소리가 들려왔다.

"강성준 경. 접니다."

제로스의 목소리였다.

"들어와."

"실례하겠습니다."

문이 열리고 제로스가 걸어 들어왔다. 많이 피곤해 보이는 얼굴이었다. 충분히 이해가 가는 상황이었다.

상륙군이 사용할 차원 관문 건설 문제로 머리가 많이 아플 것이다. 연합 위원회에서 마법계 헌터들을 지원해 주고 있지만, 핵심 술식을 완성하는 건 제로스였으니까.

"작업은 어느 정도 진행됐어?"

"핵심 술식과 하부 술식은 완성되었습니다. 마지막 점검만 앞두고 있습니다만…… 그것도 3일이면 끝날 것 같군요."

제로스가 대답했다. 정말 그의 말대로 3일이 지나기 전에 점검이 끝났다. 성준이 다시 제로스를 찾았을 때는 차원 관문 생성기가 완성된 뒤였다.

성준은 길드원들을 소집했다. 키메라로 개조된 소이드와 토벤도 부름을 받고 달려왔다.

"우리 '로드 길드'는 상륙군 사령부에서 별도의 요청이 있기 전까지는 이계에서의 전투에 개입하지 않는다."

성준이 선언했다. 질문이 나올 법한 상황이었지만 성준에 대한 로드 길드원들의 충성과 신뢰는 높았기 때문에 조용했다.

그들은 그저 말없이 신뢰를 담은 시선을 보낼 뿐이었다. 성준은 그들을 보며 몇 가지 당부 사항을 더 전달한 뒤, 돌려보냈다. 다소 설명이 부족했지만, 그 부분은 정철이 잘 해결해 줄 것이라고 생각했다.

로드 길드의 회동이 끝나고 다음 날이 찾아왔다. 정철은 성준의 호출을 받고 서재로 향했다.

"실례하겠습니다."

노크와 함께 문을 열고 들어가자 그의 시야에 바로 성준이 들어왔다. 그는 창가에 서서 햇볕을 쬐고 있었다.

"왔어?"

성준이 가볍게 인사를 건넸다.

정철이 책상 앞에 다가와 섰다.

"부르셨습니까?"

"이거 차원 관문 생성기인데 상륙군 사령부에 가서 보여 줘. 집결 지점에서 사용하는 건 네가 하고…… 가서 당분간 로드 길드의 지원이 없을 거라는 말도 전해주고. 전권을 위임할 테니까."

"지금 바로 출발하겠습니다."

성준은 고개를 끄덕이는 것으로 대답을 대신했다.

정철은 상륙군 사령부로 차량을 운전하여 이동했다. 처음과 달리 안내를 위해 마중 나온 사람이 한 명도 없었다.

정철은 짧은 한숨을 내뱉었다.

방문할 것이라는 사실은 미리 연락해 두었기 때문에 알고 있었을 것이다. 그런데도 마중을 보내지 않았다는 것은 일종의 도발이라고 생각했다.

"길드장님이 같이 오시지 않아서 다행이군."

그는 다행이라고 생각했다. 성준이 이런 일을 함께 겪는다면 그것 또한 불미스러운 일이었다.

정철은 혼잣말을 내뱉으며 건물의 정문으로 발걸음을 옮겼다. 예전에 한 번 방문한 기억이 있어서 상황실의 위치는 알고 있었다.

"박정철입니다."

정철은 상황실 문을 열고 들어가며 말했다. 참모 장모들은 그를 향해 힐끗 시선을 던지고는 다시 본인의 일에 집중했다.

보다 못한 한규가 깊은 한숨을 내뱉으며 정철에게 달려갔다.

"죄송합니다. 박정철 헌터님. 상륙작전이 얼마 안 남아서 그런지 참모 장교들이 예민한 모양입니다."

"괜찮습니다. 충분히 이해합니다."

마음 같아서는 사람 불러놓고 무시하는 게 어느 나라 예절이냐고 따지고 싶었지만, 한규는 성준에게 우호적이었기 때문에 우선 그 말은 속에 묻어두는 게 좋을 것 같았다. 정철은 피아식별을 못 할 정도로 어리석은 사람이 아니었다.

"차원 관문 생성기가 준비되었다고 들었습니다."

"네. 가져왔습니다. 지금 양도하겠습니다."

정철은 얼마 전에 제로스에게서 지급 받은 차원 주머니를 열었다.

"이게 '아공간'이라는 것입니까?"

한규가 물었다.

정철은 대답 대신 고개를 끄덕이며 차원 관문 생성기를 꺼내서 보여주었다.

"정말 대단하군요."

"이게 차원 관문 생성기입니다. 일반인은 사용 못 하니까, 군의 집결 지점에서 제가 직접 사용할 겁니다. 군은 준비되어 있습니까?"

"물론입니다. 그런데 사령관님께서는……?"

한규가 물었다.

정철의 시선이 잠깐이지만 그에게 머물렀다가 다른 곳으로 향했다. 여러 항의를 하고 싶었지만 역시 묻어두는 게 좋다고 생각했다. 오히려 지금 눈앞에 있는 상대가 한규가 아니라 석진이라면 대하기 쉬웠을 터였다.

"길드장님께서는 다른 용무가 있어서 동행하지 않으셨습니다. 따라서 일시적이지만 제가 권한을 대행하게 되었습니다. 길드장님께서는 별도의 '요청'이 있기 전까지는 행동하지 않으실 예정입니다."

무릎을 꿇고 정중하게 요청하지 않으면 성준은 움직이지 않을 것이다. 정철은 그렇게 말하고 싶었지만, 적당히 순화해서 말했다.

"저희 쪽에서 먼저 요청을 하는 일은 없을 겁니다."

석진이었다. 그는 빈정대는 듯한 목소리로 말하며 빠른 걸음으로 다가왔다. 자신감이 넘쳤다. 그는 대한민국 국방부에서 심혈을 기울여서 편성한 상륙군 앞에 패배가 있을 거라고는 생각하지 않았다.

심지어 국제 조약이 파기되면서 제한적이지만 강력한 헌터들까지 합류했으니, 그의 자신감이 하늘을 찌르는 것도 이상하지 않았다.

"자기를 찾아줄 걸 기대하고 있을 사령관님께는 죄송하지만 이계전은 저희 상륙군에게 맡겨주셔도 될 것 같습니다."

"확신할 수 있습니까? 이계에는 헌터들보다 뛰어난 정예 병력이 많다는 보고서가 연합 위원회에서 제출되었던 걸로 아는데요?"

정철은 석진을 향해 날카로운 시선을 보냈다.

석진은 차분한 표정으로 그 시선을 받아냈다. 그러고는 입꼬리를 끌어 올리며 싸늘한 미소를 머금었다.

"그 보고서. 저도 읽어봤습니다. 하지만 일반 마물과 달리 이계의 군대에게는 총탄이 통한다는 게 중요합니다. 압도적인 화력으로 박살 내면 됩니다. 정예 부대? 접근하기 전에 벌집이 될 겁니다. 근접전이 발생해도 우리에겐 헌터들이 있습니다."

'로드 길드의 도움은 필요 없습니다'라고 말하는 것 같았다. 정철은 자신이 그런 생각을 하는 게 피해망상에 가깝다고 생각했지만 다른 사람이라고 해도 이런 상황에 처하면 같은 생각을 할 것이다.

"헌터 전력을 너무 과신하시는군요. 대한민국 헌터 전부를 모아도 저희 길드장님 혼자서 다 처리 가능합니다."

"그거야말로 과신 아닙니까? SSS급 헌터가 세계에 2명밖에 없다고는 하지만, 군단을 이길 수는 없습니다. 망상은 적당히 하세요. 건강에 안 좋습니다."

비꼬는 어조였다.

노골적인 적의에 정철도 불쾌감을 느끼고 눈살을 찌푸렸다.

성준이 상륙군 사령관 직책을 수락하면서 군 내부에서 반발이 있을 것이라고는 생각했지만 예상보다 정도가 심했다.

"정말 그렇게 생각하신다면 저는 더 이상 할 말이 없군요."

"하하하. 너무 기분 나쁘게 생각하지 않으셨으면 좋겠습니다."

"군의 준비가 끝났다면 집결지로 데려다주시죠. 차원 관문을 열겠습니다."

정철이 말했다.

돌아가고 싶은 마음이 간절했다. 이대로 석진의 말을 계속 듣다가는 창을 꺼내서 그 입에 쑤셔 넣을지도 몰랐다. 실제로 한석이 이 자리에 있었다면 공격 마법을 캐스팅하였을 것이다. 정철을 보낸 게 신의 한 수였다.

"저희도 가려던 참이었습니다. 같이 이동하시죠."

한규가 조심스럽게 말했다. 정철은 대답 대신 고개를 끄덕였다. 그는 참모부의 장교들과 함께 헬기를 타고 상륙군이 집결한 강원도로 이동했다.

"차원 관문을 열겠습니다."

차원 관문이 열렸다. 상륙군이 여유롭게 이동할 수 있도록 제로스가 특별히 고안한 술식이 사용되어서 그런지 균열은 거대했다.

"선봉이 먼저 진입한다! 안전을 확보해라!"

"랑데뷰 포인트 이상무!"

"전군 전진!"

뒤이어 본대가 진입했다.

"저희도 이동하겠습니다."

참모부도 이동했다.

"색적은?"

"레이더에 마력 반응이 잡힙니다! 임시 방공식별구역을 넘었습니다!"

"적의 항공 전력으로 보입니다!"

"벌써?"

석진의 목소리에서 당혹감이 서렸다. 이렇게 빨리 대응할 것이라고는 예상하지 못한 모양이었다. 그에게는 유감스러운 일이었지만 제국에서는 균열 위치를 언제나 주시하고 있었기 때문에 차원 관문이 열릴 만한 유력한 구역에 정예군을 배치한 상태였다.

"정확한 숫자를 파악해!"

"밀집되어 있어서 판단 불가!"

부사관의 보고에 석진은 눈살을 찌푸렸다. 그의 시선이 작전 참모인 이한규 대령에게 향했다.

"항공기를 띄울 준비가 되어 있지 않으니…… 제1항공여단에서 정찰 헬기를 띄우는 게 좋을 것 같습니다. 그리고 대공 전차를 전진 배치해야 합니다."

방공에 위한 교과서적인 답변이었다.

석진은 고개를 끄덕이고는 지시를 전달했다. 상륙군은 일사불란하게 움직였다. 수십 기의 정찰 헬기가 이륙했고 대공 전차가 전진 배치되었다. 적의 항공 전력에 대응하기 위한 공격 헬기 편대도 준비되었다.

"적의 항공 전력이 접근 중이다! 즉시 요격 준비에 임하도록!"

"대공포대! 서둘러!"

레이더는 적 항공 전력의 접근을 연신 경고했다.

"정찰 헬기 편대! 전멸했습니다!"

"영상 확보해."

영상이 전송되었다. 화면에 군마보다 조금 더 큰 몸집의 비룡 무리 수천이 모습을 드러냈다. 그들은 등에 무장한 기사를 태우고 있었다.

'저게 비룡 기사단인가?'

정철은 마른침을 삼켰다. 상륙작전을 앞두고 성준에게 이계에 대한 정보를 조금은 들어서 비룡 기사단을 알아볼 수 있었다.

"대공 방어 개시!"

"화망을 구축하라!"

방공 작전이 시작되었다. 대공 전차와 대공포가 포화를 뿜으며 총탄을 쏟아냈다.

"적 항공 전력! 대열이 흐트러지고 있습니다!"

"전력 차이는 압도적! 아군이 우위를 점하고 있습니다!"

사령부로 긍정적인 보고가 잇따랐다. 석진은 자신만만한 표정으로 정철을 향해 시선을 옮겼다.

"어떻습니까?"

정철은 대답하지 않았다. 성준이 가르쳐 준 제국의 전술대로라면 진짜는 아직 등장하지 않았다. 그들은 이제 곧 모습을 드러낼 것이다.

"방공 대대가 공격받고 있습니다!"

"2번, 3번, 5번, 8번 대공포대가 무력 되었습니다!"

"대공 전차 15대를 잃었습니다!"

상륙군의 전력이 무력화되기 시작했다.

"도, 도대체 무슨? 어디서 나타난 거야?"

석진의 눈동자가 흔들렸다.

"제국군 차원 기동부대네요. 헌터 병력을 전개하시는 게 좋지 않을지?"

정철이 말했다.

석진은 피가 날 정도로 입술을 깨물었다. 그는 헌터 병력을 전개했다. 무장한 헌터들이 중요 방공 구역에 투입되어 차원 기동부대와 교전을 시작했다.

헌터들의 실력은 우수했지만, 제국이 자랑하는 차원 기동부대는 만만한 상대가 아니었다. 그들에게 총탄은 사실상 무용지물이었다. 하나의 중대가 전차의 지원을 받으면서 모든 화력을 동원해야 간신히 한 명을 죽일 수 있을 정도였다.

"폭격이다!"

차원 기동부대의 기습 공격에 어느 정도 대응하자 이번에는 마법사 부대가 어디선가 튀어나와서 강력한 마법 폭격을 퍼부었다.

"참모장. 지금이라도 늦지 않았습니다. 길드장님께 정중하게 요청하시지요."

정철이 석진을 보며 말했다. 그의 입가에 선명한 미소가 번졌다.

소드마스터 힐러님 11

5장
전장의 사신

　성준은 서재의 창가에 의자를 가져다 놓고 앉아 있었다. 그
의 손에는 따뜻한 녹차가 담긴 찻잔이 들려 있었다. 이계에서
는 상륙군의 전투가 한창이었지만 그는 여유로웠다.

　-제국의 차원 마법 기술은 뛰어납니다. 차원 관문이 열릴 만
한 균열 지역 주변에 정예 병력을 배치해 두었을 겁니다. 지금
쯤이면 전투가 한창이겠군요.

　리슈발트가 말했다. 이계상륙작전은 그의 예상대로 흘러가
고 있었다.

　-곧 소식이 오겠군요.

　상륙군 쪽에 정철을 보내두었다. 전투가 전해지면 보고가
전해질 것이다.

차원 간 통신은 불가능하기 때문에 사람을 보내거나 해서 구두로 전달될 것이었다.

"군에 합류한 헌터 병력으로는 제국군 정예 부대를 이기긴 힘들 거야."

성준은 차분한 표정으로 말했다. 국제 조약이 수정되면서 헌터의 무장이 가능해졌지만, 대한민국의 모든 헌터들이 군에 합류한 건 아니었다. 그리고 대부분 대인전 경험이 부족하기 때문에 큰 전력이 되지는 못할 것이라는 게 성준과 리슈발트의 생각이었다.

"길드장님!"

짧은 노크와 함께 문이 열리면서 한석이 달려 들어왔다.

"연락왔어?"

성준이 물었다. 한석은 고개를 끄덕이며 입을 열었다.

"네. 연락이 왔습니다. 정석진 준장이 항복 의사를 표현했다고 합니다."

"좋네. 너는 길드원들 소집해서 천천히 따라 와. 나 먼저 가서 정리하고 있을게."

"알겠습니다."

길드원들이 대기하고는 있었지만, 집결하려면 다소의 시간이 필요했다. 그에 비해 성준은 모든 준비가 끝나 있기 때문에 지금 바로 움직일 수 있었다.

자존심 강한 석진이 요청을 해왔다는 건 상륙군이 큰 피해를 입었다는 걸 의미했다. 그런 상황이라면 지체할수록 피해는 커진다.

　성준도 쓸데없는 피해가 늘어나는 건 원하지 않았다. 어차피 상륙군도 석진을 쳐내면 성준의 휘하로 들어올 전력이기 때문이었다.

　"이동 수단은?"

　"고속 헬기가 대기 중입니다."

　한석의 대답에 성준의 입가에 만족스러운 미소가 번졌다. 강원도까지 빠르게 이동할 수 있는 수단을 마련해 두라고 지시했었는데, 현명하게도 마정석 기술이 사용된 고속 헬기를 대기시켜놓은 모양이었다.

　성준은 곧바로 헬기를 타고 강원도로 향했다. 고속 헬기라서 그런지 얼마 지나지 않아서 도착할 수 있었다.

　"길드장님!"

　강원도의 집결지에 성준이 탄 헬기가 착륙하자 차원 관문 앞에서 기다리고 있던 정철이 달려왔다.

　"상황은?"

　"좋지 않습니다. 바로 이동하셔야 할 것 같습니다."

　정철이 말했다.

　성준은 그와 함께 차원 관문 앞으로 이동했다. 다행히 차원 관문이 파괴되지는 않았다. 제국이 정예 병력을 배치했다고는 하지만 상륙군의 숫자도 적지 않으니 쉽게 당하지는 않은 것이었다.

상륙군이 이 정도 버티는 것은 어느 정도 예상했던 결과였다. 미지의 적을 상대하는 제국군의 기본 전략과 상륙군의 전력을 생각해 볼 때 앞으로 3시간 정도는 안정권이었다. 그는 서두르지 않았다.

"차원 관문은 준비가 끝났습니다."

정철이 확인했다. 성준은 고개를 끄덕였다. 두 사람은 차원 관문으로 들어갔다. 순백의 섬광이 눈앞을 가렸다.

시야가 회복되기 무섭게 눈에 들어온 것은 하늘을 가득 채운 비룡들이었다. 하늘에서 폭발 마법이 각인된 투창이 비처럼 쏟아지고 있었다.

"사령부는 어디에 있어?"

전장의 혼란 속에서 사령부를 찾는 것은 쉽지 않았다.

"제가 안내하겠습니다."

정철이 앞장서서 성준을 사령부로 안내했다. 사령부 쪽은 이런 상황에서도 완벽에 가까운 방공망을 펼치고 있었기 때문에 비룡 기사들의 폭격으로부터 큰 피해를 입지 않았다.

"정석진 준장님 계십니까?"

성준은 임시 사령부로 사용되고 있는 막사의 문을 열고 들어가며 말했다.

막사 안에는 지휘통제에 필요한 여러 가지 기기가 많았고 장교들과 부사관들이 바쁘게 움직이고 있었다.

성준의 등장에 그들의 시선이 집중되었다. 그중에서는 성준이 가지고 있는 전략적인 가치를 무시했던 석진도 있었다.

"사령관님……."

"이계의 군대는 어떻습니까? 참모장."

"죄송합니다…… 제 실수입니다."

석진은 고개를 숙였다.

"실수 여부가 아니라, 그렇게 무시했던 이계의 군대를 상대한 감상을 묻고 있는 겁니다."

성준은 차가운 목소리로 말했다. 석진은 쉽게 대답하지 못했다. 피가 새어 나올 정도로 입술을 깨무는 모습에서 분한 마음을 엿볼 수 있었다.

"예상외의 전력 차이입니다. 제 오판이었고, 실수입니다. 정말 죄송합니다."

석진은 무릎을 꿇었다. 준장이라는 높은 계급의 군인이 부하 장교들 앞에서 무릎을 꿇는 것은 큰 결심이 필요한 일이었다. 상륙군을 구하기 위해 모든 것을 인정하고 자존심마저 버렸다는 걸 의미했다.

무릎을 꿇고 고개를 숙였다. 다른 장교들도 숙연해질 수밖에 없었다. 굳어 있던 성준의 표정도 조금은 풀렸다.

"정중하게 요청하시니…… 제가 나서지 않을 수가 없네요. 하지만 그렇다고 해서 참모장의 실수를 그냥 넘길 생각은 없으니까, 기억하고 있는 게 좋을 겁니다."

성준은 단호하게 말했다. 석진이 무릎까지 꿇은 것은 의외였지만 징벌 조치는 필요했다.

"그 정도는 알고 있습니다. 제발, 도와주십시오. 이대로는 상륙군은 전멸하고 말 겁니다."

"제가 왔으니, 이제 상황은 정리될 겁니다. 일단 현재 상황을 보고해 주세요."

조금 전에 차원 관문을 넘어서 전장에 도착했기 때문에 정보가 없었다. 육안으로 알 수 있는 것들에는 한계가 있었다.

"상황 보고드리겠습니다."

작전 참모를 맡고 있는 이한규 대령이 앞으로 한 걸음 다가오며 말했다. 그는 성준이 이해하기 쉬우면서도 빠르게 전황을 설명했다.

'차원 기동부대와 마법사 부대가 방공망을 무력화시키고 비룡 기사단을 투입해서 핵심 전력을 무력화시킨다? 전형적인 노블 오더의 전술이군.'

성준은 한규에게서 보고 받은 내용만으로 부대를 통솔하고 있는 지휘관의 소속까지 알아냈다. 13기사회의 최고 기사였던 로우켈의 기억을 가지고 있는 성준에게 있어서 어려운 일은 아니었다.

"군사 지도 가져오세요."

"여기 있습니다."

참모 장교 한 명이 나무로 된 테이블 위에 군사 지도를 펼쳤다. 상륙군이 전개한 진형이 자세하게 표시되어 있었다.

뒤이어 올려놓은 태블릿 PC에서는 공격당하고 있는 방어선 상황이 선명하게 화면으로 송출되고 있었다.

"부대 배치도는 정확합니까?"

"물론입니다."

한규가 대답했다.

성준은 고개를 끄덕이며 태블릿 PC와 군사 지도를 번갈아 보며 생각을 정리한 후 입을 열었다.

"후방의 제3보병사단을 전진 배치하고, 제1이능특전여단의 헌터 병력을 최소한만 남겨두고 전선에서 후퇴시키세요."

"하지만 그렇게 되면 전선이 순식간에 무너질 겁니다."

석진이 조심스럽게 우려를 표했다. 그나마 제1이능특전여단의 헌터들이 있어서 차원 관문까지 방어선이 돌파당하는 상황을 면하고 있었던 것이었다.

"좋습니다. 그러면 B급 이상의 헌터들만 뒤로 빼세요. 재편성해서 주요 방어선 방어를 위해 투입해야 합니다."

제국군의 기동부대는 정예 병력이었다. 그렇다면 상륙군도 정예 병력을 따로 모아서 기동부대로 운용할 필요가 있었다.

　반박 의견은 없었고 빠르게 작전은 빠르게 진행되었다. 제3보병사단이 전진하여 시간을 벌어주는 동안, B급 이상의 헌터들이 물러나서 재편성되었다.

　그래도 상륙군의 핵심 인력은 엘리트들이라서 그런지 기동부대의 편성에 시간이 많이 낭비되지 않았다.

　"부대 편성이 끝났습니다!"

　"좋습니다. 이제 제가 표시한 지점들에 재편성된 헌터들을 배치하세요."

　성준은 참모 장교에게서 건네받은 볼펜으로 군사 지도의 몇몇 지점에 원을 그렸다. 그는 노블 오더의 귀족 지휘관들이 전투에서 어떻게 행동하는지 잘 알고 있었다. 그래서 그들이 집중적으로 노릴 만한 곳에 정예 병력을 배치한 것이었다.

　"이, 이럴 수가! 전황이 안정되고 있습니다!"

　"대공 방어를 재가동합니다!"

　공격이 예상된 지점에 정예 병력을 배치한 덕분에 시간이 지날수록 피해가 줄어들었다. 전황이 안정되자 성준을 보는 참모 장교들의 눈빛도 달라졌다.

　'이걸 해결했다고? 누가 봐도 지고 있는 전투였는데……'

　'지휘소에 도착하고 30분 만에 전황이 역전되었다. 정말 대

단한 분이야.'

훈련받은 군인들이라서 입 밖에 생각을 내뱉지는 않았지만 그들은 성준의 활약에 감탄했다.

"조금 전보다는 전황이 안정되었지만 그럼에도 불구하고 불리한 상황입니다."

작전 참모, 이한규 대령이 냉정하게 말했다.

성준도 고개를 끄덕였다. 제국군이 본대를 뚫고 차원 관문으로 진격하는 걸 저지하긴 했지만, 그들을 물리칠 정도는 아니었다.

"지휘부와 통신 거점을 타격해야 합니다."

성준이 말했다. 제국군은 후퇴하지 않는 것을 원칙으로 하고 있기 때문에 지휘부와 통신 거점을 타격하더라도 그들이 물러나게 할 수는 없겠지만 최소한 지휘 체계가 붕괴되면서 상당량의 전투력을 상실하게 될 것은 분명했다.

"하지만 적 지휘부와 통신 거점의 위치를 알 수 없습니다."

"그렇습니다. 제공권을 충분히 확보하지 못해서 정찰기를 띄우는 것도 힘듭니다."

참모 장교들이 말했다.

성준은 희미한 미소를 머금은 채 입을 열었다.

"적 지휘부와 통신 거점의 위치는 제가 대충은 알고 있습니다."

노블 오더는 기사 여단과도 자주 협력하여 전장에 나섰기 때문에 성준은 그들의 전투 방식을 잘 알고 있었다.

"정말입니까?"

한규가 물었다.

성준은 고개를 끄덕였다.

"통신 거점 같은 경우에는 전부는 모르겠지만, 예상 가는 곳이 몇 곳 있습니다. 일부만 무력화시켜도 통신 상태에 큰 장애가 있을 겁니다. 지금 군사 지도에 표기해 드리겠습니다."

성준은 볼펜으로 군사 지도의 몇 군데에 원을 그렸다. 노블 오더의 일반적인 귀족 지휘관이 전진 공격 태세를 취할 때 통신 거점으로 사용될 만한 위치 중에서도 확실한 곳들이었다.

"80%의 확률로 통신 거점이 있을 겁니다. 기동부대를 파견해도 되고 자주포로 포격을 쏟아부어도 좋습니다. 다만, 후자의 경우에는 마법사가 마법으로 방어할 확률이 높으니, 헌터들로 구성된 기동부대를 보내는 게 제일 좋습니다."

지휘를 시작한 지 30분을 갓 넘었을 뿐이었지만 성준은 마치 처음부터 군에 몸을 담았던 장군처럼 차분하게 지휘를 이어가고 있었다. 그 모습에 참모 장교들은 계속해서 감탄할 수밖에 없었다.

"지금 즉시 기동부대에 지시를 하달하겠습니다!"

연락 장교가 무전기를 들어 올렸다. 전차부대의 엄호를 받으며 헌터 기동부대가 움직였다. 얼마 지나지 않아서 통신 거점을 성공적으로 파괴했다는 내용의 무전이 연달아 보고 되었다. 지휘소에서 환호가 터져 나왔지만, 성준은 차분한 표정을 지켰다. 아직 끝난 게 아니었다.

"적의 지휘부가 남아 있습니다."

성준이 말했다.

"그렇다면 지휘부는……."

"제가 처리하겠습니다."

한규의 물음에 성준이 차가운 미소를 흘리며 대답했다. 그의 손에는 어느새 검으로 형태가 변한 '로엘'이 들려 있었다.

-제국군은 상륙군을 얕보고 있습니다. 지휘부의 위치는 너무나 뻔합니다. 노블 오더의 귀족 지휘관이 분명하니, 공격적인 지휘를 위해 전진 배치했을 겁니다.

리슈발트가 말했다. 성준의 생각도 같았다.

-제가 선행 정찰을 할까요?

"아니, 그럴 필요 없어. 지형적인 요건으로 볼 때 전진 지휘부가 있을 만한 곳은 하나야."

성준은 자신감 넘치는 목소리로 말했다. 그는 노블 오더의 귀족 지휘관들에 대해 잘 알고 있었고 그들의 행동을 예상하는 건 어렵지 않았다.

-상륙군의 지원을 받지 않아도 괜찮겠습니까?

최소한 포격 지원이라도 있으면 제국군의 진형을 돌파하기 수월할 것이다. 리슈발트는 그 점을 생각하고 말했지만, 성준은 고개를 저었다.

"바로 간다. 상륙군 전력을 빼기에는 어중간한 상황이야."

-확실히 그렇군요. 제 생각이 짧았습니다.

짧은 설명에 리슈발트는 상황을 인지하고는 고개를 끄덕였다. 성준은 즉시 행동했다. 아군의 지원 사격 없이 정면의 제국군 진형을 향해 몸을 던졌다.

비룡 기사단과 차원 기동부대, 그리고 마법사 전력을 뒤이어서 노블 오더가 지휘하는 제국군의 지상군 또한 전진해 있는 상황이었다.

"적이다!"

"어, 언제 여기까지!"

성준은 단숨에 전열을 뚫고 진형 깊숙이 침투했다. 그의 움직인은 매우 빨랐지만, 제국의 정예 기사들은 그나마 반응할 수 있었다. 그들이 뒤늦게 침입을 알아차리고 몸을 돌려 창과 검을 겨누려는 순간이었다.

"폭풍검."

날카로운 검풍이 사방에 휘몰아쳤다. 철제 갑옷이 종이처럼 찢어지고 붉은 분수가 솟구쳤다. 정예 기사들이라고는 해도 고급 기술인 오러 아머를 구사할 수 있는 이들이 많은 것은 아니었다.

"허, 허억!"

"크윽!"

오러 아머 덕분에 검풍의 폭풍에서 살아남은 정예 기사들이 거친 숨결을 토해냈다.

"진형이 뚫렸다! 대대 전진!"

폭풍검 덕분에 제국군의 전열이 무너졌다. 야전 지휘관 중 한 명은 그것을 기회라고 판단하고 보병 대대를 전진시켰다.

기관총이 총탄을 비처럼 흩뿌리자 제국군 보병들이 피를 쏟아내며 쓰러졌다. 원래대로였다면 정예 기사들이 총탄을 막아줬을 테지만, 지금 그들은 성준을 상대하느라 바빴다. 덕분에 지금 보병들은 상륙군이 쏘아 대는 총탄에 힘없이 쓰러지고 있었다.

"박격포를 쏴라!"

"장전! 포격 개시!"

하늘 위로 수십의 포탄이 쏘아 올려졌다.

"마법사 부대는 방어 마법을 전개하라!"

제국군 장교가 외쳤다. 그는 당황하지 않았다. 제국이 자랑하는 마법사 부대라면 상륙군의 박격포의 포탄 정도는 막을 수 있다고 생각한 것이었다. 실제로도 이곳에서 전투가 발생하고 지금까지의 포격 대부분은 마법사 부대의 방어 마법을 뚫지 못했다.

"요격할 마법사들이 모두 전멸했습니다!"

부관이 절망적인 보고를 올렸다.

"뭐라고? 마법사 부대가 전멸했어? 도대체 무슨 일이 벌어지고 있는 거야!"

마법사 부대는 제국군의 핵심 전력이기 때문에 정예 부대가 호위를 맡고 있었다. 그런데 조금 전까지 멀쩡하게 공격 마법을 캐스팅하던 마법사 부대가 일순간에 전멸했다고? 이해할 수 없는 일이었다.

"하얀 악마가 나타났습니다! 그 녀석이 우리 진형을 쓸어버리고 있습니다!"

"하얀 악마라고? 도대체……."

제국군 장교의 눈동자가 떨렸다. 검성이라고 판명 난 하얀 악마가 나타났다면 지금 당장 그가 할 수 있는 건 추가 지원을 요청하는 수밖에는 없었다.

"저, 전진 지휘부에 추가 지원을 요청해!"

"알겠습니다!"

성준이 한바탕 휩쓸고 지나가자 전방은 말이 되지 않을 정도로 처참하게 무너졌다. 전쟁터에서 검성의 등장은 재난이나 다름없었다. 그는 전방을 한 차례 유린하고 빠르게 이동을 시작했다.

쉬지 않고 분주하게 움직인 덕분에 어느새 목표 지점까지 절반 정도의 거리를 남겨두고 있었다.

-주군의 예상이 정확한 것 같습니다. 벌써 정예 병력이 마중을 나왔군요.

리슈발트가 말했다. 지휘부로의 전진을 막기 위해서인지 다수의 정예 기사들과 대마법사들이 동원되었다.

"더는 지나갈 수 없다. 하얀 악마여."

"그래. 우리를 쓰러뜨리고 가라."

대답은 필요 없었다. 성준은 말없이 '하크의 단검'을 뽑아 던졌다.

"가속."

시동어와 함께 가속된 단검이 선두에 있던 정예 기사를 노렸다.

"크, 크악!"

그는 오러 아머를 발동하는 것으로도 모자라 검까지 휘둘러 방어를 시도했지만 모두 실패했다. 강화된 오러에 '가속' 스킬과 성준의 교묘한 투척술까지 더해진 성준의 단검을 막기에는 정예 기사의 실력이 부족했다.

휘둘러진 검을 아슬아슬하게 스치고 지나간 단검이 오러 아머를 꿰뚫고 심장에 꽂히자 정예 기사는 고통에 찬 신음을 토해내며 쓰러졌다.

"조, 조장!"

"이럴 수가! 일격에?"

정예 기사들은 크게 당황했다. 대마법사들은 침착하게 공격 마법을 캐스팅했다.

"홍염의 심판."

"블리자드."

"인페르노."

"파이어 캐논."

대마법사들답게 고위 마법과 상위 마법 등이 순식간에 완성되었다. 신속한 캐스팅을 위해서 그런지 대마법은 없었다.

-방어입니까? 아니면 공격입니까?

리슈발트가 물었다. 방어가 목적이라면 '앱솔루트 실드'를 사용하면 될 것이다. 반대로 공격이 목적이라면 '파마검'을 사용한 정면 돌파였다.

"당연히 공격이지."

성준은 입꼬리를 끌어 올렸다. 동시에 검을 들어 올리며 차분하게 마력을 끌어 올렸다.

"블링크."

"그렇게는 안 된다! 차원 봉쇄!"

블링크를 사용해서 단숨에 거리를 좁힐 생각이었지만 SS급 수준의 대마법사가 있었던 것인지 차원 봉쇄에 막혀 버렸다.

"하하하! 꼴 좋다!"

"하얀 악마! 네놈도 여기서 끝이다!"

대마법사들은 승리를 확신했다. 강력한 고위 마법과 상위 마법이 성준을 향해 비처럼 쏟아지고 있었다. 워낙 광범위해서 피하는 것도 힘들었고 공격 마법의 수가 많아서 방어도 힘들 것이라고 생각했다.

"파마검."

쏟아지는 공격 마법들을 향해 몸을 던졌다. 마력의 흐름과 결은 파마검을 발동한 순간 모두 파악했다. 다음 순간, 그가 휘두른 검에 의해 고위 마법들이 모조리 베였다. 검에 의해 절단된 공격 마법은 위력을 잃고 마력 단위로 조각나서 흩어졌다.

"마, 말도 안 돼!"

"파마검까지?"

"이럴 수는 없어! 우리는 다 죽을 거야!"

대마법사들이 절망했다.

파마검으로 공격 마법을 모조리 파괴한 성준은 대마법사들을 향해 고속 이동술을 펼쳤다.

"여기는 우리가 맡겠다!"

정예 기사들이 나섰다. 제국에서 '정예 기사'로 분류될 정도라면 기사 여단 소속은 아니더라도 그들과 비슷한 실력의 기사라고 인정받았다.

"지금부터 전력을 다해서 하얀 악마를 척살한다!"

"황제 폐하를 위하여! 제국의 승리를!"

정예 기사들이 성준을 향해 거리를 좁혀왔다. 숫자는 20명 정도였고 그들 중에 절반은 오러 아머와 실드의 사용이 가능한 최정예였다.

-오러 아머와 오러 실드를 다수 확인했습니다. 폭풍검보다는 환영검무의 사용을 추천합니다.

리슈발트가 말했다.

성준도 같은 생각이었다. 그는 차분하게 검을 회수하며 마력을 끌어 올렸다. 그리고 거의 동시에 검을 휘두르며 입을 열었다.

"환영검무."

휘둘러진 검이 100개의 환영검을 토해냈다.

"화, 환영검무다!"

"즉각 회피하라!"

"크아아악!"

성준을 포위하고는 자신감을 드러냈던 정예 기사들이 붉은 피를 흩뿌리며 쓰러졌다. 유도 기능이 있는 100개의 환영검을 근거리에서 피하는 것은 그들에게 있어서 힘든 일이었다. 단 한 번의 환영검무에 정예 기사 20명 중 18명이 죽었다. 살아남은 2명도 팔과 다리가 잘리는 치명상을 입었기에 전투를 수행하는 것은 불가능했다.

정예 기사들을 무력화시킨 성준의 칼날은 대마법사들에게

향했다.

"무, 물러나야 합니다!"

제국군 장교가 말했다. 정예 기사들이 몰살당한 지금 상황에서 당장 대마법사들을 지원할 수 있는 부대는 일반 보병대가 전부였다.

"우리는 황제 폐하의 영광을 위해 싸우는 제국군이다! 후퇴란 없다!"

"보병대는 방진을 구축하라! 우리가 엄호할 것이다!"

"제, 제기랄!"

대마법사들의 독촉에 제국군 장교는 욕설을 내뱉으며 보병대를 통솔했다.

제국군 교리에 보면 후퇴는 불가능했지만, 가끔 융통성 있는 이들은 작전상 후퇴를 권장하고 있었다.

"보병! 앞으로!"

보병대가 전진하고 일반 기사들이 나섰지만 하얀 악마라는 공포스러운 이명을 가진 성준의 앞에서 10초를 버티지 못하고 전멸했다. 대마법사들은 캐스팅을 끝내고 공격 마법을 퍼부었지만, 성준은 이번에도 파마검으로 마법 화망을 돌파했다.

"제, 제기랄!"

"우리 다 죽는다!"

"크아아악!"

성준이 휘두른 검이 대마법사들을 몸을 절단 냈다. 블링크까지 사용하며 최후까지 저항하는 이들도 있었지만 오래 버티지 못했다.

30초가 지나기 전에 모두 전멸하고 전진 지휘부로 향하는 길이 열렸다. 성준은 뺨에 묻은 피를 닦아내며 전방을 향해 차가운 시선을 던졌다.

"리슈발트. 선행 정찰을 부탁한다."

-알겠습니다. 즉시 수행하겠습니다.

"나도 계속 이동하고 있을 테니까."

리슈발트가 성준의 곁에서 이동했다. 성준도 전진 지휘부를 향해 발걸음을 재촉했다.

리슈발트는 5분 만에 정찰을 끝내고 돌아왔다.

-전진 지휘부를 발견했습니다. 근처를 지키고 있는 병력은 지휘부 호위대와 노블 오더 사병대가 전부지만 보병대와 기병대 다수가 앞을 막고 있습니다.

리슈발트가 보고했다. 성준은 입꼬리를 끌어 올렸다.

"상관없어."

제국군의 일반 부대는 검성의 돌파를 1초 저지하기도 힘든 게 현실이었다. 성준은 그 사실을 잘 알고 있었다. 그래서 검성을 저지하기 위해서는 최소한 특무군이나 기사 여단과 같은 정예 병력이 움직여야만 했다.

성준의 예상대로였다.

제국군의 보병대와 기병대는 성준을 저지하려고 했지만 10초의 시간을 버는 것도 벅찼다. 그들을 거의 뛰어넘다시피 해서 돌파하여 전진 지휘부 근처에 도달했다.

"막아라! 우리가 뚫리면 끝이다!"

지휘부 호위대는 정예 병력이었다. 하지만 성준의 상대가 되기에는 부족했다.

"우리는 명예로운 노블 오더의 직속 부대다! 증원이 도착할 때까지 하얀 악마를 막아라!"

노블 오더의 직속 사병대는 무장 상태도 좋았고 훈련도 잘 받은 정예들이었다. 하지만 성준이 휘두르는 검을 버틸 정도는 아니었다.

-지휘부 호위대와 노블 오더 사병대가 전멸했습니다. 이제 지휘부 주변에는 그 어떤 경호 병력도 남아 있지 않습니다.

리슈발트가 보고했다.

성준은 고개를 끄덕인 뒤, 전진 지휘부 막사로 들어갔다. 그리고 귀족 지휘관을 포함해서 눈에 보이는 제국군 장교들을 모조리 죽였다.

"하, 하얀 악마……."

백작 계급의 귀족 지휘관은 성준의 이명을 희미하게 흘리며 고개를 떨구었다. 성준은 차원 주머니에서 제로스가 준 화염

마법 스크롤을 찢어서 전진 지휘부를 완전히 불태웠다.

　모두가 볼 수 있게.

⚜

　"지휘부와 연락이 끊겼습니다!"

　"세상에! 지휘부가 불타고 있습니다!"

　전진 지휘부 막사는 노블 오더의 이름에 걸맞게 규모가 크고 화려했다. 그래서 불에 더 잘 탔고 멀리서도 그 모습을 볼 수 있었다.

　"다른 부대와의 연락은?"

　"불통! 통신 거점 일부가 무력화된 것 같습니다!"

　전투가 한창인 전열에서는 눈치채지 못했지만 비교적 후방에 위치한 부대들은 전진 지휘부가 타격을 입었다는 사실을 깨닫고 통신을 시도했지만 연결될 리가 없었다.

　전진 지휘부가 더 이상 존재하지도 않았으니까. 심지어 통신 거점도 절반 이상이 파괴된 이후라서 다른 부대와 연락을 시도해도 소통이 원활하지 않았다.

　제국군은 대혼란에 빠졌고 상륙군은 반격을 시작했다.

　"길드장님!"

　후방 지휘부까지 박살 낸 성준에게 정철이 찾아왔다. 기동부대의 헌터들이 그를 지원하고 있었다. A급 헌터라도 제국군과의 전장에서 단독으로 행동하는 건 무리였기 때문에 일정한 전력을 갖춘 헌터 기동부대의 지원이 필요했다.

"왔나?"

성준은 뺨에 묻은 피를 닦아내며 정철을 맞이했다. 정철과 동행한 기동부대의 헌터들이 주변을 경계했지만 이미 정리는 끝나 있어서 그들이 할 일은 없었다.

"길드원들이 도착했습니다."

정철이 보고했다.

성준은 만족스러운 표정으로 고개를 끄덕였다. 로드 길드에는 S급 헌터만 해도 2명이나 있었다. 절대 적은 전력이 아니었다.

"B급 이상 헌터들 추가로 편성해서 기동부대 만들어. 배치와 지휘는 박정철, 네가 하고."

"길드장님. 저도 군사지휘에 대한 기본 교육은 받았고 실전 경험도 있지만, 이 정도 규모의 전투에서 전술 운용을 해본 적은 없습니다."

"너를 믿는 나를 믿어. 너무 걱정하지 말고 잘 지휘해 봐."

차분한 표정으로 말하는 성준의 모습에서 정철에 대한 무한한 신뢰가 묻어 나왔다.

"실망시키지 않겠습니다."

정철의 목소리에서 굳은 결심이 느껴졌다.

그는 로드 길드와 함께 행동할 부대 편성을 위해 즉시 지휘소로 귀환했다.

"다음은 어딜 쓸어버리는 게 좋을까⋯⋯?"

스스로에게 질문을 던지는 것처럼 보일 수도 있겠지만 사실 전진 및 후방 지휘부와 통신 거점이 날아간 현 상황에서 답은 정해져 있었다.

-후방의 장거리 마법사 부대를 요격하는 게 제일 좋을 것 같습니다.

리슈발트가 제안했다.

성준이 생각하고 있던 정답에 가까웠다. 그는 고개를 끄덕이며 후방 장거리 마법사 부대가 배치되어 있을 만한 곳으로 이동했다. 노블 오더에서 주로 사용되는 군 배치는 선명하게 기억하고 있었기 때문에 얼마 지나지 않아서 그들을 찾을 수 있었다.

"하, 하얀 악마가 왔다!"

"전력을 다해서 막아라! 물러나서는 안 된다!"

마법사 부대의 지휘관이 황급히 지원을 요청하자 근처에서 대기 중이던 호위대가 움직였다. 정예 병력 20명 정도가 성준의 앞을 막아섰다. 정예 기사, 일등 살수, 그리고 대마법사 등으로 구성되어 있는 부대였다.

"질풍검."

일순간에 거리를 좁혔다. 동반된 수십 개의 검풍이 적들을 덮쳤다.

"크아아악!"

"으아아악!"

1열을 지키고 있던 정예 기사들이 피를 쏟아내며 쓰러졌다. 그들도 정예인 터라, 질풍검에 모두 쓰러진 것은 아니었다. 몇 명은 오러 실드로 방어했다.

2열에서 대기하고 있던 일등 살수들이 단검을 뽑아 들고 하늘로 날아올랐으며 대마법사 둘은 공격 마법을 완성했다. 수십 개의 암기가 쏟아지고 날카로운 전격의 창과 붉은 화염구가 성준의 심장과 머리통을 노렸다.

"블링크."

성준은 블링크를 사용했다. 다행히 이번에는 SS급 대마법, 차원 통제를 사용할 수 있는 수준의 대마법사가 없었던 모양이다. 견제는 없었고 성준은 너무나 쉽게 그들의 뒤에 모습을 드러냈다.

"질풍검."

다시 한번 응용 검술이 발현되었다. 이번에는 회오리 형태의 질풍검이었다. 날카로운 칼날과도 같은 검풍을 머금은 회오리바람이 가장 먼저 마법사 둘의 전신을 난자했다.

"크아아악!"

"커헉!"

대마법사 둘이 쓰러졌다. 일등 살수들이 뒤늦게 돌아왔지만, 정예 기사들까지 모두 성준에게 당한 뒤였다.

"끝이다."

성준은 일등 살수들을 향해 검을 휘둘렀다. 붉은 피가 솟구치는 것과 함께 일등 살수들이 힘없이 쓰러졌다.

-이제 마법사 부대만 남았습니다.

리슈발트가 보고했다.

성준이 노리는 것은 후방에서 장거리 공격을 담당하는 마법사 부대였다. 그들은 근접 전투 능력이 거의 없는 이들이 대부분이었다. 호위대마저 전멸한 상황이니 검성의 전투력을 가진 성준이 난입하면 얼마 버티지 못하고 전멸할 게 분명했다.

"수는?"

-200명 정도입니다. 대마법사도 10명 정도 있지만, 주군께서 크게 신경 쓸 정도는 아닌 것 같습니다.

정예 병력으로 구성된 호위대와의 전투가 이어지는 동안 선행 정찰을 나섰던 리슈발트는 그 결과를 성준에게 보고했다.

대마법사가 10명이면 강력한 전력이었지만 검성인 성준의 앞에서는 의미가 없었다. 그저 힘없는 제물에 불과했다.

"흡수."

성준은 쓰러진 이들의 시체에서 체력과 마력을 흡수한 뒤, 마법사 부대를 공격하기 위해 움직였다. 주력 호위대가 전멸한 상황이었기 때문에 그를 막을 만한 병력은 없었다. 일반 보병 200명이 시간을 벌기 위해 이동했지만 3초를 못 버티고 돌파당했다.

"하얀 악마가 최종 방어선을 돌파했습니다!"

"이, 이게 '검성'인가……?"

소름 끼치는 진격 속도에 마법사 부대의 장교들은 경악했다. 그들이 대책을 세우기도 전에 성준이 진형 깊숙이 침투해 왔다.

"환영검무."

개전과 동시에 수준 높은 응용 검술인 환영검무가 발현되었다. 일부 마법사들이 방어 마법을 펼쳤지만 강력한 오러를 머금은 환영검은 마력으로 구성된 방패를 종이처럼 찢어 버린 뒤, 마법사들의 몸을 반으로 쪼개 버렸다. 장거리 마법 폭격을 위해 후방에 배치된 마법사 부대가 전멸하기까지 10분이 걸리지 않았다.

단, 10분 만에 치명적인 피해를 입고 뿔뿔이 흩어졌다.

"폭격이 멈췄습니다!"

"공격 헬기 편대 띄우고 기갑부대를 전진시켜!"

지휘소의 장교들도 바쁘게 움직였다. 처음에 성준이 제국군 정예 부대의 습격을 재편성한 헌터 기동부대의 배치로 적절하게 막아낸 덕분에 혼란스러웠던 전황은 빠르게 안정되어 가고 있었다.

공격 헬기 편대의 엄호와 헌터 기동부대의 지원을 받으며 기갑부대가 전진했다. 성준의 활약으로 제국군의 정예 부대는 대부분 전멸하거나 헌터 기동부대와 치열한 교전을 벌이고 있었다. 그리고 제국군의 일반 부대는 중무장한 전차들로 구성된 기갑부대를 저지하기에는 무리였다.

"흡수."

체력과 마력을 흡수했다.

-동조율 87%가 되었습니다.

워낙 많은 적을 도살해서 그런지 동조율이 1% 상승한 것을 확인할 수 있었다.

-길드장님.

어깨에 걸어둔 무전기에서 정철의 목소리가 흘러나왔다.

성준은 30명 규모의 제국군 정예 부대 하나를 더 격파하고 잠시 호흡을 가다듬고 있었다. '흡수'라는 편리한 기술을 알고 있지만, 전투가 길어지면서 체력과 마력이 조금씩 소모되는 건 어쩔 수 없는 현상이었다.

"듣고 있으니까, 말해."

-전황이 안정되었습니다. 상륙군 병력이 제국군을 몰아붙이고 있습니다. 비룡 기사단도 공격 헬기 편대의 공격과 대공포화에 피해가 누적된 상태입니다.

"취약한 곳은 없나?"

-우측의 전진 속도가 느리기는 하지만 큰 문제는 없을 것 같습니다. 지금 제1항공여단 쪽에서 공격 헬기 편대가 추가로 이륙했습니다.

정철이 말했다.

성준은 차분하게 생각을 정리하고는 입을 열었다.

"내가 우측을 지원할 테니까, 공격 헬기 편대는 제공권 장악에 투입해."

지상에서 위협적인 적들은 대부분 제거되었다. 특무군이 소수 남아 있긴 했지만 양동 작전에 동원된 차원 기동부대가 전멸하고 헌터들이 전진 배치된 현 상황에서 큰 힘을 발휘하긴 힘들 것이었다.

공격 헬기 편대가 추가로 투입되자 상륙군은 제공권 전투에서도 제국군을 압도하기 시작했다. 셀 수 없을 정도로 많은 수의 비룡이 붉은 피를 허공에 흩뿌리며 추락했다.

-제국군 진형이 완전히 무너졌습니다.

무전기에서 정철의 목소리가 흘러나왔다. 그는 지휘소에서 무인 정찰기 편대가 송출해 오는 화면을 보며 전투의 진행 상황을 성준에게 계속해서 알려주었다.

혼란이 잦아들자 포병부대가 제국군 후방을 향해 포격을 시작했다. 정예 부대가 전멸에 가까운 피해를 입은 제국군은 포격을 막아낼 수단이 없었다. 마법사들은 모두 시체가 되었거나 전선에서 이탈 중이었다. 제국군의 기본 교리가 퇴각을 허용하지 않는 것이긴 하지만 독전관의 눈을 피해 도망치는 이들은 분명히 있었다.

"크아아악!"

"으아아악!"

하늘에서 쉬지 않고 포탄이 떨어졌고 공대지 미사일이 바람을 가르며 날아와 지면을 강타했다. 정예 병력의 대부분을 잃은 제국군은 압도적인 화력의 현대 무기 앞에서 더는 버티지 못하고 전멸했다.

길고 긴 복도를 따라 무거운 발걸음을 옮기는 제복을 입은 중년의 남성이 있었다. 그는 제국군 사령부에서 연락 장교로 복무하고 있는 카일이었다. 정확한 소속은 노블 오더였으며, 준남작의 작위를 가지고 있었다.

분주히 발걸음을 옮기던 그는 중무장한 기사가 지키고 있는 문 앞에서 멈춰 섰다. 목재로 만들어진 문에는 고급스러운 문양이 각인되어 있었다.

"제국군 사령관님께서는 지금 중요한 업무를 보고 있습니다. 정기 보고가 있을 시간도 아니니, 급한 일이 아니라면 내일 찾아오는 게 좋지 않겠습니까?"

기사가 정중하게 말했다. 하지만 카일은 고개를 저었다.

"긴급 연락입니다. 지금 당장 제국군 사령관님께 보고드려야 합니다."

"알겠습니다. 전달하겠습니다."

기사는 조심스럽게 문을 조금 열고는 안에 있는 제국군 사령관, 렌칼 후작에게 긴급 연락을 구두로 전달할 전령이 도착했다는 사실을 알렸다.

"들어오라고 해."

렌칼의 목소리였다.

기사는 고개를 끄덕이고는 문을 활짝 열었다. 카일은 차분한 걸음으로 제국군 사령관 집무실 안으로 들어섰다.

"긴급 연락이라고?"

날카로운 시선을 던지며 렌칼이 물었다. 과한 업무량은 그를 예민하게 만들었다.

"지구의 군대가 상륙했습니다."

"황실 마탑주, 안펠리코 후작이 지정했던 균열 지역마다 충분한 수의 제국군을 배치해 두었을 텐데…… 설마 예상하지 못한 곳에 상륙한 건가?"

"그건 아닙니다. 아우레스 백작군이 방어를 맡은 지역에 지구의 군대가 상륙했습니다만…… 교전 끝에 아우레스 백작군은 패배했고 최고 지휘관인 아우레스 백작님께서는 전사하셨습니다."

"뭐…… 라고……? 아우레스 백작군이면 비룡 기사단까지 포함되어 있었을 텐데! 지구의 군대가 그렇게 강력하다는 말이냐?"

렌칼은 고개를 저었다. 믿기 힘들었다.

"곧 정식 보고서가 도착할 겁니다. 군단은 전멸했습니다. 지금 가장 가까운 곳에 있는 아렌시아 지방군이 요격을 위해 이동 중에 있습니다."

수도와 먼 아렌시아 지방에 상륙한 게 그나마 다행이었다. 하지만 큰 위안은 되지 못했다. 렌칼은 피가 새어 나올 정도로 입술을 깨물었다.

"13기사회에 검성의 지원을 요청해……."

제국이 자랑하는 최강의 전쟁 병기, 검성을 투입할 필요가 있었다.

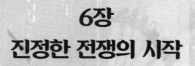

6장
진정한 전쟁의 시작

　제국군을 상대로 첫 번째 승리를 거둔 상륙군은 차원 관문을 방어하기 위한 대규모 진지를 구축하기 시작했다. 상륙군에도 마법계 헌터들이 있었고 진지 구축은 빠른 속도로 진행되었다.

　아렌시아 지방군이 근처에 도달했을 때는 이미 진지가 절반 이상 만들어져 있었기 때문에 그들은 섣불리 공격을 시도할 수 없었다.

　"길드장님, 상륙군 참모장이 찾아왔습니다."

　다른 일을 처리하느라, 바쁜 정철을 대신하여 잠깐 성준의 부관을 맡게 된 한석이 막사 안으로 조심스럽게 들어와 보고했다.

"내가 불렀어. 들어오라고 해."

"알겠습니다."

한석이 나가고 얼마 지나지 않아서 '아직은' 상륙군에서 참모장을 맡고 있는 석진이 걸어 들어왔다.

책에 머물러 있던 시선이 석진에게 향했다.

"제가 왜 참모장을 호출했는지 아십니까?"

성준이 물었다.

석진은 굳은 얼굴로 입을 열었다.

"짐작은 하고 있습니다."

"그럼 바로 본론으로 들어가겠습니다. 참모장은 제 조언을 무시했고 결과적으로 상륙군이 큰 피해를 입었습니다. 어떻게 책임지겠습니까?"

석진은 쉽게 대답하지 못했다. 성준에게서 이런 말이 나올 줄은 알고 있었지만 어떻게 책임져야 할지 막막했다.

"상륙군 사령관의 권한으로 현 시간부로 정석진 참모장의 직위를 해제합니다. 그리고 제 명령에 불복종하여, 상륙군에 피해를 야기한 문제는 군사 재판에 회부될 겁니다."

더한 징계를 내리고 싶었지만 현대 사회의 상식으로는 이게 최선이었다. 제국의 최고 기사였던 전생이었다면 직접 검을 뽑아서 목을 베었을 것이었다.

"예, 알겠습니다."

"이제 이한규 대령이 참모장을 맡을 겁니다. 인수인계 준비를 서둘러 주세요."

"오래 걸리지 않을 겁니다."

"그래야 할 겁니다. 지금은 전쟁 중이니까요. 상륙군 참모장 자리를 오래 비워둘 수 없습니다."

성준이 단호한 목소리로 말했다.

석진의 말대로 한규가 참모장 권한을 이어받는 데에는 오래 걸리지 않았다. 그가 '대령' 계급이라는 게 잠깐 문제가 되긴 했지만, 상륙군 사령관인 성준이 강력하게 주장하자 반대 의견을 내세운 이들도 이내 고개를 끄덕일 수밖에 없었다. 그들 대부분이 석진에게 찬동했던 자들이었고 상륙군이 큰 피해를 입으면서 입지가 좁아졌기 때문이었다.

성준이 결정을 내리고 정확히 3일 뒤, 한규가 직접 찾아와서 참모장 직책을 이어받았다는 사실을 보고했다.

"제가 모르는 게 많습니다. 옆에서 많이 도와주세요."

"아닙니다, 이전 전투에서 사령관님 덕분에 상륙군이 승전할 수 있었습니다. 사령관님께서 없으셨다면 저희는 막대한 피해를 입고 차원 관문조차 잃었을 겁니다."

차분한 목소리로 적당히 성준을 띄워주는 한규였다. 그는 성준을 좋게 생각하고 있었다.

성준은 그 이유가 궁금해서 정철에게 한규의 조사를 지시한 적이 있었다. 그 결과, 겨울 군주의 남하 당시에 한규의 부모님이 파주에 살고 있었다는 내용이 보고되었다. 이것으로 그가 성준을 좋게 생각하는 이유는 어느 정도 설명이 되었다.

"오전 색적은 어땠습니까?"

"그렇지 않아도 바로 보고를 드릴 생각이었습니다. 제국군으로 보이는 대규모 무장 병력이 인근에서 주둔 중인 것을 무인 정찰기가 확인했습니다. 공격 명령을 내려주시면 군을 움직이겠습니다."

"우리 측의 원거리 공격 사정거리에 들어왔습니까?"

성준이 질문을 던졌다.

"미사일의 사정거리 안에는 들어가지만, 야포나 자주포 등은 사정거리 밖입니다."

"미사일은 마법사가 요격할 수도 있습니다. 포격 사정권에 들어오면 공격을 시작해도 되겠지만 미사일 공격은 낭비입니다."

자주포와 야포 등의 포격 또한 마법으로 방어가 가능하겠지만 주둔지 전체를 방어 마법으로 도배할 수는 없기 때문에 미사일과는 달리 조금이라도 피해를 입힐 수 있을 터였다.

"각 부대에 지시를 전달해 두겠습니다."

"그래도 무인 정찰기로 주기적으로 정찰은 해두세요."

"알겠습니다."

한규는 고개를 끄덕이며 힘찬 목소리로 대답했다.

석진과 달리 진심으로 따라와 주는 것 같아서 기분이 나쁘지 않았다.

"좋습니다. 사령부로 돌아가셔도 됩니다."

성준이 말했다. 한규가 절도 있는 동작으로 경례를 하고는 막사를 떠나자 성준은 차분한 표정으로 의자를 가까이 끌어와서 앉았다.

-해방군과 접촉해야 하지 않겠습니까?

리슈발트가 조심스럽게 의견을 말했다.

-해방군이 정예 병력을 지원해 준다면 이후의 전투에서 제국군을 상대하기 수월할 겁니다.

"확실히 그렇겠지…… 이전 전투에서도 헌터 기동부대로 간신히 제국의 정예 병력을 막았으니까……."

고개를 끄덕이며 인정할 수밖에 없었다. 그나마도 성준이 없을 때 헌터 병력만으로는 제국군 정예 부대를 상대하기 힘들었던 게 사실이었다.

-아렌시아 지방에도 해방군 거점이 있을 겁니다.

리슈발트의 말에 성준도 고개를 끄덕이며 동의했다. 하지만 그 계획을 실천하기에는 한 가지 치명적인 문제가 있었다.

"그것도 좋은 방법이긴 한데, 아렌시아 지방의 해방군 거점이 어디에 있는지 내가 몰라."

유일하게 알고 있는 해방군 거점이 '붉은 숲'이었다. 하지만 '붉은 숲이 있는 테렌시아 지방은 아렌시아 지방에서 멀리 떨어져 있었다.

-이렇게 된 이상, 해방군 쪽에서 먼저 이쪽으로 찾아오기를 기다릴 수밖에 없군요.

"해방군 사령관도 바보는 아닐 테니까, 금방 찾아오겠지."

성준은 자신감 넘치는 목소리로 말했다. 해방군에서 언제 사람을 보낼지는 알 수 없었지만 오래 걸리지는 않을 것이라고 확신했다.

"증원 병력이 도착했다고 합니다."

정철이 보고했다.

성준은 읽고 있던 책을 덮었다. 그의 시선이 정철에게 향했다.

"연합군이야?"

상륙군은 선봉대였다. 슬슬 본대인 연합군이 도착할 때가 되었다고 생각했다.

하지만 정철은 고개를 저었다.

"연합군 본대는 아닙니다. 보고서를 보니까 보충 병력인 것 같습니다."

"보충 병력의 규모는?"

"상륙 당시의 전투에서 손실한 병력을 전부 보충할 정도는 됩니다."

그나마 다행이었다. 연합군 본대가 상륙하지 않은 상태에서 보충마저 제대로 되지 않았다면 차원 관문을 방어하면서 동시에 인근 도시로 진군할 수 없었다.

"다행이네. 이걸로 로프스를 공격할 수 있겠어."

로프스는 차원 관문에서 가장 가까운 도시였다.

"인근이 집결한 아렌시아 지방군의 규모가 10만 명 정도라고 보고되었습니다. 주력은 차원 관문 수비에 집중할 예정인데, 남은 전력으로 상대할 수 있을까요?"

정철은 조심스럽게 우려를 표했다. 일반적으로 보기에는 숫자에서부터 차이가 많이 나기 때문에 힘들다고 생각할 것이다. 하지만 성준의 생각은 달랐다.

"정보에 따르면 집결한 아렌시아 지방군이 보유한 정예 병력은 상륙 전투 때 제국군이 보유했던 것보다 훨씬 적어. 일반 부대는 현대 화기에 약하니…… 충분히 승산이 있어."

"확실히 그렇죠. 얼마 전의 전투에서도 느낀 거였지만 정예 병력에 비해 일반 부대는 원거리전에 지나치게 약했습니다. 근접전이 발생했을 때는 상륙군이 밀리기는 했지만 그건 접근하기 전에 모두 처리하면 해결될 문제입니다."

정철의 말에 성준은 고개를 끄덕였다. 포격이 자랑한 한국군으로 구성된 상륙군이라면 아렌시아 지방군의 병력이 아군 진형에 접근하기 전에 벌집으로 만들어 버릴 수 있을 것이었다.

"진군 계획은 참모부에 알려서 계속 진행해."

현 참모부는 석진이 해임되고 한규가 참모장을 맡으면서 성준의 지시에 적극적으로 협조하고 있었다.

"전달해 두겠습니다."

"그래. 가봐."

"알겠습니다."

대답과 함께 정철이 막사를 떠났다.

성준은 가벼운 휴식을 취하기 위해 머그컵에 뜨거운 물을 붓고 녹차 티백을 넣었다. 그리고 나준열의 무장 정보기관이 수집한 아렌시아 지방군의 정보가 기록된 보고서를 꺼내든 순간이었다.

"길드장님!"

막사 문이 열리고 신철이 달려들어 왔다.

"무슨 일이야?"

"급전입니다. 백기를 들고 접근 중인 수십 명 규모의 기마대를 무인 정찰기가 발견했습니다. 참모부에서는 요격 여부를 묻고 있습니다."

"백기라고? 일단 참모부에는 요격하지 말라고 지시해! 내가 직접 간다."

성준은 황급히 외투를 입었다. 백기를 들고 있다면 해방군이 보낸 사람들일 확률이 높았다. 물론 제국군이 위장 계략을 꾸밀 수도 있기 때문에 성준은 직접 나서기로 했다.

신철은 성준의 지시를 먼저 전달하기 위해 사령부로 향했다.

"저희가 수행하겠습니다."

막사 밖으로 나오자 한석과 정철, 제로스, 그리고 장훈이 뒤따랐다.

-길드장님. 이계어를 할 줄 아는 마법계 헌터 1명이 헌터 분대와 함께 미확인 병력과 합류하여 이쪽으로 인솔 중입니다. 13번 게이트에서 기다리면 될 것 같습니다. 이동을 위한 차량을 보내겠습니다.

무전기에서 신철의 목소리가 흘러나왔다. 성준과 길드원들은 얼마 지나지 않아서 도착한 4인승 군용 차량 2대를 타고 13번 게이트로 이동했다. 기지는 넓었지만 차량을 타고 이동한 덕분에 도착까지 오래 걸리지는 않았다.

"도착했다."

성준이 무전기에 대고 말했다.

-인솔 분대에 연락을 해두었습니다. 그쪽에서도 서두르고 있으니, 곧 도착할 겁니다.

그의 말대로였다. 5분 정도 기다리자 멀리서 군용 차량 3대와 말을 타고 있는 수십 명의 인원이 기지로 접근하고 있는 걸

볼 수 있었다.

"해방군이 맞습니까?"

제로스가 물었다.

성준은 고개를 끄덕이며 입을 열었다.

"해방군 맞아."

"인제 보니, 노블 오더의 루토 자작이 보이는군요."

제로스는 루토와 안면이 있는 사이였다. 그는 루토가 과거 노블 오더에서 자작의 작위를 가지고 있었던 시절에 몇 번 만난 적이 있었다.

그들은 점점 가까워지고 있었고 루토의 얼굴을 확인한 성준은 무전기를 입가로 가져갔다.

"신철아. 아군이니까, 크게 경계할 필요는 없다고 전해."

-알겠습니다. 전달해 두겠습니다.

무전이 끝나고 루토와 해방군의 병력이 도착했다.

"강성준 경! 다시 만나서 정말 반갑습니다!"

루토가 가장 먼저 말에서 내려서는 성준에게 다가왔다. 그는 손을 내밀어 성준과 악수를 하면서 반가운 기색을 드러냈다.

"저도 반갑습니다. 루토 경."

"이국의 군대가 이렇게 빨리 상륙할 줄은 몰랐습니다."

"바로 본론으로 들어가죠. 해방군은 저희의 군대와 공동 전선을 펼칠 의사가 있습니까? 만약 해방군에서 그럴 의사가 없

소드마스터 힐러님 11

다면 저희는 제국군을 향해 독자적인 전선을 형성할 겁니다. 그 과정에서 해방군과 불미스러운 일이 발생할 수도 있겠죠."

성준이 말했다. 해방군과 공동 전선을 펼치는 게 이상적인 시나리오였지만 그게 불가능하다면 강하게 나가는 게 좋다고 생각했다.

"경께서 걱정하는 일은 없을 겁니다. 해방군 사령관님께서도 이국의 연합군과 함께 제국군에 대한 공동 전선을 펼치고자 합니다."

강대한 제국의 군대를 상대로 자신들 만으로 전선을 유지하는 것은 불가능하다고 해방군 사령관도 인지하고 있었던 것이었다.

"아렌시아 지방에도 저희 병력이 주둔해 있습니다. 상륙군의 첫 전투가 어떻게 진행되었는지는 대략적으로 보고받았는데, 최고 지휘관이 누구였는지는 몰라도 정말 굉장했습니다. 모든 준비가 끝난 대규모 제국군을 상대로 승리를 거둘 것이라고는 생각도 못 했거든요."

루토는 칭찬을 아끼지 않았다.

성준의 입가에는 미소가 번졌다. 상륙군의 최고 지휘관, 즉 사령관은 그였기 때문이었다. 루토가 감탄할 정도로 임전 태세의 제국군은 패배를 모르는 무적의 군대였다.

"저희 측 피해도 적지 않았습니다."

적당한 겸손은 필요했다.

"그래도 승전하셨잖습니까? 왕국 연합은 지금까지 패배만 이어 오다가 최근에서야 반격을 시작했습니다. 조금 더 자부심을 가져도 됩니다."

"승전했다고는 하지만 제국군 전체로 보면 큰 타격을 입지는 않았을 겁니다."

"그렇겠죠. 제국군의 규모는 상상도 하기 힘들 만큼 크니까요."

13기사회의 최고 기사였던 전생을 기억하고 있는 성준은 제국군이 얼마나 강대한지 알고 있었다.

루토도 얼마 전의 승전이 제국군 전체에 큰 타격을 주지 못했을 것이라는 성준의 말에 고개를 끄덕이며 동의했다.

"공격 목표는 정하셨습니까? 설마 방어만 할 생각은 아니시겠죠?"

루토가 조심스럽게 물었다.

성준은 품속에서 뭔가를 꺼내 펼쳤다. 그의 기억을 바탕으로 제작한 아렌시아 지방의 약도였다. 정확하지는 않지만 표시되어야 할 지형은 모두 그려져 있었다.

"제법 잘 만들어졌군요."

아렌시아 지방의 지리에 능통한 자가 아니면 만들 수 없는 수준이었다. 루토는 작게 감탄했다.

성준의 입가에 또다시 흐뭇한 미소가 번졌다.

"상륙군 기지와 차원 관문의 위치는 이쯤입니다."

"정확합니다."

성준은 손가락으로 지도의 한 지점을 가리켰다. 둥근 원이 그려져 있었고 그 안에 기지 모양이 표시되어 있었다.

루토도 고개를 끄덕이며 긍정했다.

"상륙군은 가장 가까운 도시를 공격할 계획입니다."

"그렇다면 로프스를 공격하게 되겠군요. 저희 쪽에서 정예 병력을 지원해 드리겠습니다."

해방군의 정예 병력 지원은 반가운 소식이었다. 그들의 지원이 더해지면 제국의 특무군과 같은 정예들을 상대하기 수월해질 것이었다.

"저희 해방군은 충분한 숫자의 정예 병력을 확보하고 있습니다. 상륙군이 제국의 일반 부대를 제압해 주신다면 다음 전투도 쉽게 이길 수 있을 겁니다."

루토는 자신감 있는 목소리로 말했다. 그동안 적지 않은 수의 정예 병력을 확보하고 있음에도 불구하고 그동안 제국군에게 연패를 당한 이유를 그는 절대적인 물량 부족이라고 생각했다. 정예 병력만큼이나 일반 부대의 숫자도 전투에서 큰 작용을 했다. 그리고 해방군은 절대적인 병력이 제국군에 비해 적었다.

"저희 상륙군에게 맡겨주셔도 됩니다. 별동대 형태로 교란전을 벌이는 정예 병력만 요격해 주시면 일반 부대 제압은 어렵지 않을 겁니다."

"정예 병력 상대는 맡겨주시길. 저희 쪽의 특수부대가 상대하면 됩니다."

상륙군의 헌터부대도 가만히 있지 않을 것이다. 그들이 해방군 특수부대를 지원한다면 제국의 정예 병력과의 전투에서 승산이 높아질 것이다.

"특수부대는 언제 합류 가능합니까?"

성준이 물었다. 그들이 언제 합류할지 알아야 로프스 공격 일정을 적당히 조절할 수 있다.

"오래 걸리지는 않을 겁니다. 길어도 3일이면 저희 해방군 특수부대가 이곳에 도착할 겁니다. 다만, 일반 부대는 동원하려면 시간이 조금 더 걸릴 겁니다."

"특수부대가 합류하면 먼저 이동하는 게 좋을 것 같습니다."

일반 부대가 합류하면 분명 도움이 되기는 할 것이다. 하지만 그렇다고 해서 공격 일정을 늦출 정도로 메리트가 있는 건 아니었다.

"바로 사령부로 이동하시죠. 공격 계획 수립에 조언을 주셨으면 합니다."

성준이 먼저 발걸음을 옮겼다. 루토도 뒤따랐다.

그러자 제로스가 반가운 얼굴로 그에게 다가갔다.

"오랜만입니다. 루토 경."

"이럴 수가…… 제로스 경께서 살아 계실 줄은 몰랐습니다. 당연히 숙청당했을 것이라고 생각했었는데……."

당시 로우켈의 최측근이었던 제로스는 최우선으로 숙청되어야 할 인물 중 하나였다.

루토의 말에 제로스는 희미한 미소를 머금은 채 입을 열었다.

"많은 일이 있었습니다."

그들이 대화를 나누는 사이에 사령부로 사용되는 곳에 도착했다. 임시 건물이었지만 마법의 도움을 받아서 그런지 꽤 그럴듯한 외견을 하고 있었다.

"여기가 사령부입니다."

"훌륭하군요. 단시간에 짓기 힘들었을 것 같습니다."

루토가 말했다.

성준은 씨익 웃으며 고개를 저었다.

"어렵지는 않았습니다. 저희에게도 '마법'은 있으니까요."

충분한 대답이었다.

성준은 루토를 참모부 작전회의실로 안내했다. 다른 해방군 인원들은 제로스와 함께 인근 막사에서 대기했다. 루토는 해방군을 도와 승전으로 이끈 성준을 신뢰하고 있었기 때문에 소수의 수행원도 대동하지 않았다.

"반갑습니다. 참모장을 맡고 있는 이한규 대령입니다."

"루토입니다. 해방군 작전 참모를 맡고 있습니다. 잘 부탁합니다."

작전회의실에서는 한규가 소수의 참모 장교들과 함께 성준을 기다리고 있었다. 그는 동행한 루토를 보고 악수를 청하며 인사를 건넸다.

루토는 악수 요청을 받아들이며 자신을 소개했다. 두 사람이 구사하는 언어는 서로 달랐기 때문에 이계어를 할 줄 아는 한석이 통역을 맡았다.

"작전 회의를 시작하겠습니다."

회의가 시작되었다.

루토는 해방군의 작전 참모답게 아렌시아 지방과 로프스에 대한 정보를 많이 가지고 있었고 그것은 작전을 계획하는 데 있어서 적지 않은 도움이 되었다. 로프스를 공격하기 위한 기본적인 계획은 완성되었다. 상륙군은 이틀 뒤, 해방군의 특수부대 1천이 합류하기 무섭게 방어 병력만을 남겨두고 로프스를 향해 진군했다.

"이국의 군대가 이동 중입니다!"

아렌시아 지방군 사령부에서 전령이 다급한 목소리로 보고했다.

"뭐라고? 어디로?"

지방군 사령관이 물었다.

"로프스입니다! 이동 속도가 생각보다 빠릅니다! 며칠 안에 도착할 것으로 보입니다!"

"제기랄! 지금 즉시 전군을 움직인다. 집결이 끝난 부대부터 먼저 이동한다! 무슨 일이 있어서 놈들이 도시를 함락하는 건 막아야만 한다!"

아렌시아 지방군이 움직이기 시작했다. 그들은 로프스를 향해 진군하는 상륙군의 앞을 가로막았다.

"무인 정찰기가 아렌시아 지방군을 포착했습니다. 현재 정지 상태입니다."

앞서 제국군이 크게 패배한 탓인지 증원을 기다리고 있는 모양이었다.

"사정권에 들어왔습니까?"

성준이 물었다. 참모 장교는 즉시 연락 장교를 호출했다. 이 윽고 상황의 파악을 끝낸 참모 장교는 차분한 표정으로 입을 열었다.

"포격 및 미사일 유효 사정권입니다."

"좋습니다. 미사일은 보류하고 포병부대에 연락해서 포격 준비하세요."

미사일은 마법에 의한 요격 가능성이 크기 때문에 비효율적이었다. 차라리 마법사 부대의 방어 마법으로 감당할 수 없을 정도로 광범위한 포격전이 효과적일 것이다.

"예! 즉시 전달하겠습니다!"

참모 장교가 힘차게 대답했다.

성준의 명령은 연락 장교를 통해 포병부대에 전파되었고 포격전을 위한 준비가 갖춰졌다.

"사령관님! 상륙군의 진형 배치가 바뀌었다는 척후대의 보고입니다! 정확히는 모르겠지만 아군을 향한 장거리 공격이 예상됩니다!"

상륙군 주변에는 아렌시아 지방군에서 보낸 척후대가 정찰 활동을 펼치는 중이었다. 그들이 상륙군의 수상한 진형 변화를 포착하고 즉시 마법 통신으로 연락을 보내온 것이었다.

"가능성이 없는 의견이다. 이렇게 멀리 떨어져 있는데 어떻게 마법 공격이 닿는다는 말이냐? 교란일 거다. 우리는 자리를 지킨다."

아렌시아 지방군 사령관은 단호하게 판단을 내렸다.

"하지만 사령관님!"

"참모장! 우리는 이대로 자리를 지킨다! 진형을 혼란스럽게 만드는 건 저쪽에서 원하는 일이다! 이미 기동부대가 준비되어 있을지도 모르는 일이다!"

"알겠습니다. 군에 재정비 명령을 전달하겠습니다."

상륙군과 로프스의 사이에 전개한 아렌시아 지방군은 사령관의 명령에 따라 이동하지 않고 위치를 고수했다.

"아렌시아 지방군의 움직임은 없습니다."

"포병부대가 준비되어 있습니다. 명령만 주시면 바로 포격 가능합니다."

"포격 준비."

성준의 명령이 연락 장교를 통해 포병부대에 전달되었다.

"포격 개시."

명령이 전파되었고 포격이 시작되었다. 수천 발의 포탄이 하늘을 가르고 날아가 거의 동시에 아렌시아 지방군을 노렸다.

"바, 방어 마법을 펼쳐라!"

마법사 부대가 방어 마법을 펼쳤지만 넓은 주둔지 전체를 감당할 정도로 마법사들의 수가 많지 않았다. 대부분의 포탄이 방어 마법이 아닌 주둔지를 타격했다.

"크아아악!"

"으아아악!"

곳곳에서 비명이 터져 나왔다.

"사, 사령관님! 주둔지가 공격받고 있습니다! 명령을 내려주십시오!"

사령부는 방어 마법으로 보호받고 있었다. 이 방어가 언제까지 버틸 수 있을지 장담할 수 없었다. 게다가 주둔지의 피해는 시간이 갈수록 누적되고 있었다.

"바, 반격해!"

"저희 측 마법사 부대의 공격이 닿지 않습니다!"

"제, 제기랄! 지금 당장 기마대와 정예 부대를 소집해! 그리고 전군은 이 빌어먹을 포격 지점에서 이동한다!"

"즉시 전파하겠습니다!"

아렌시아 지방군이 움직였다.

하지만 그들이 간과한 사실이 있었다. 그것은 바로 상륙군에서 운용하는 K9 자주포의 명중률이 생각보다 뛰어나다는 것이었다.

"아렌시아 지방군이 움직이고 있습니다!"

"포격을 멈추지 마라! 계속 쏴!"

포격은 멈추지 않았다. 아렌시아 지방군은 K9 자주포의 포격에 계속해서 시달려야만 했다.

하지만 그들도 계속해서 당하고만 있지는 않았다. 신속하게 소집된 기마대가 정예 부대와 함께 상륙군을 향해 빠르게 이동 중이었다. 군마에 강화 마법까지 걸어둔 것인지 이동 속도가 매서웠다. 성준은 기갑부대와 해방군 특수부대, 그리고 헌터들을 전방에 배치했다.

"전차 앞으로!"

K2 전차부대가 일제히 전진했다. 헌터들과 해방군의 정예 병력이 전차부대를 호위했다.

"발사!"

"포격 개시!"

전차부대가 쉬지 않고 포탄을 토해냈다. 어느 정도 거리를 좁혀 온 기마대가 포격을 받고 진형이 흐트러졌다.

하지만 그들의 바로 뒤에 있는 정예 병력은 강력한 화망을 뚫고 전차부대를 향해 달려들었다.

"기관총 발사!"

기관총이 불을 뿜었다. 특무군 소속의 정예 병력을 막아내 기에는 역부족이었다.

"헌터부대 앞으로!"

헌터들과 해방군의 정예 병력이 아렌시아 지방군의 정예 병 력에 맞서 전투를 시작했다.

"공격 헬기 편대를 출격시키세요. 적 지휘부를 교란합니다."

"가까이 접근하면 마법 공격에 노출될 겁니다. 자주포 부대 의 엄호만으로는 부족합니다."

그의 지시에 참모장 이한규 대령이 문제점을 지적했다. 성 준은 고개를 끄덕이며 인정했다. 자칫 잘못하면 공격 헬기 편 대가 큰 피해를 입을 게 분명했다.

"미사일을 쏘는 게 좋을 것 같습니다. 놈들이 요격을 시도하는 사이에, 공격 헬기 편대로 화력 견제를 실행하죠."

성준이 계획을 수정했다. 한규는 고개를 끄덕였다.

"제1항공여단에 공격 헬기 편대를 요청하겠습니다. 전시 대기 명령이 하달된 상태니, 동원까지 얼마 걸리지 않을 겁니다."

상륙군 제1항공 여단에서 공격 헬기 편대들이 이륙했다. 그들은 곧장 아렌시아 지방군을 향해 빠른 속도로 비행했다. 얼마 지나지 않아서 가장 선두에 위치한 편대의 사정권에 아렌시아 지방군이 포착되었다.

아렌시아 지방군의 마법사 부대는 하늘에서 쏟아지는 미사일을 요격하느라 공격 헬기 편대에 신경을 쓰지 못했다.

"각 편대장이 공격 명령을 기다리고 있습니다."

지휘통제실의 연락 장교가 전달했다.

성준은 지휘통제실 내부에 설치된 모니터를 통해 전황을 한눈에 파악하고 있었다.

"공격 명령을 전달합니다. 전탄 쏟아부어서 제압하세요."

성준의 명령이 연락 장교를 통해 전달되었다. 공격 헬기 편대가 아렌시아 지방군을 향해 1차적으로 공대지 미사일 전 탄을 퍼부었다. 이어서 기관포도 발사했다.

"크아아악!"

"으아아악!"

아렌시아 지방군의 마법사 부대는 포격을 방어하는 것도 힘들었다. 그나마 포격은 멀리서 광범위한 지역에 쏟아 붓는 것이기 때문에 명중률이 다소 낮았지만 공격 헬기 편대의 공습은 비교적 근거리에서 이루어지는 것이었기 때문에 대부분의 공격이 직접적인 피해를 가져오고 있었다.

"저 요상한 날파리들을 요격해라!"

"포격 때문에 쉽지가 않습니다!"

대부분의 마법사들이 방어 마법을 유지하고 있느라, 공격 헬기들을 요격할 수 있는 상황이 아니었다.

"방어 마법을 유지하고 있는 마법사 일부를 요격에 투입하라!"

"하지만! 그렇게 되면 더 많은 지상 병력이 포격에 노출됩니다!"

"이대로 버티기만 해서는 이길 수 없다! 어서 진행해!"

"아, 알겠습니다!"

아렌시아 지방군 사령관이 결단을 내렸다.

소심하게 행동하지 않았다. 방어에만 집중해서는 이길 수 없다는 걸 알고 있기 때문에 방어에 집중하고 있는 마법사들을 헬기 요격에 동원할 것을 지시했다.

마법사 중 일부가 공중 요격을 위한 대형을 갖췄다. 상공에서 기관포를 쏟아내던 편대 사령관은 심상치 않은 분위기를 읽어내고는 각 편대장들에게 후퇴를 지시했다.

어차피 재보급을 위해 기지로 귀환해야 할 시간이었다. 요격을 위해 정예 병력이 투입되고 마법사들이 공격 마법 캐스팅을 시작했을 땐 이미 편대는 아렌시아 지방군에서 멀어지고 있었다.

"적진을 직접 타격하기 위해 보냈던 기마대와 정예 부대가 교전 중 전멸했습니다!"

"포격이 계속되고 있습니다! 이대로면 승산이 없습니다! 방어 마법도 한계가 있습니다!"

절망적인 보고가 잇따랐다. 지금 포격을 막아내고 있는 방어 마법도 무적은 아니어서, 피해가 누적되면 파괴될 수밖에 없었다.

"크윽……!"

아렌시아 지방군 사령관은 입술을 깨물었다. 어찌나 세게 깨물었는지 붉은 피가 새어 나왔다.

상륙군의 전력을 과소평가한 것을 뒤늦게 후회했지만 변하는 건 없었다.

"절반 이상의 방어 마법이 파괴되었습니다! 마법사들이 버티지를 못하고 있습니다!"

"피해가 너무 큽니다! 물러나야 합니다!"

"전군에 후퇴 명령을 전파해라! 물러난다!"

어떤 경우에도 후퇴를 허락하지 않는 제국군과 달리 각 지방에서 올라온 군대는 제국군에 소속되어 있지만 실질적으로는 각 영주의 사병이었기에 관련 군법이 느슨했다. 다소 늦은 감이 있긴 하지만 후퇴 명령이 전파되었고 아렌시아 지방군은 기지를 벗어나 황급히 물러났다.

"아렌시아 지방군이 물러나고 있습니다."

상륙군의 참모장을 맡고 있는 이한규 대령이 보고했다. 무인 정찰기 편대가 보내온 영상이 지휘통제실 벽면의 모니터를 가득 채우고 있었다.

"그래도 여전히 자주포의 사정거리 안입니다. 벗어나기 전에 전멸시킬 수 있을 것입니다."

"포탄 아끼지 말고 계속 포격하세요."

성준이 지시했다.

포격은 계속되었고 한규가 장담한 대로 아렌시아 지방군은 K9 자주포 부대의 사정거리 밖으로 벗어나기 전에 쏟아지는 포격을 버티지 못하고 전멸했다.

"아렌시아 지방군이 무력화되었습니다. 진군을 방해할 적은 모두 사라졌고요. 로프스에 남은 병력은 수비대와 경비대, 그리고 용병들까지 모두 합쳐도 5천이 안 될 겁니다."

루토가 말했다. 지금이 로프스까지 진군할 절호의 기회였다.

"참모장."

"예, 사령관님."

"재정비와 보급이 끝나는 대로 로프스로 진군합니다."

"알겠습니다."

상륙군의 보급과 재정비에는 긴 시간이 걸리지 않았다. 그들은 성준의 명령에 따라 곧바로 로프스를 향해 진군했다. 그들은 얼마 지나지 않아서 로프스를 사정권에 두게 되었다.

아렌시아 지방군과의 전투와는 달리 이번에는 도시가 전장이 될 가능성이 높았다. 일반 시민들이 살고 있기 때문에 성준은 한규와 루토의 의견을 받아들여서 항복 권고를 먼저 하기로 했다.

한석과 신철과 같은 지구의 마법계 헌터들은 이계의 마법 통신에 익숙하지 않았지만 다행히 S급 수준의 대마법사인 루토가 있기 때문에 항복 권고 통신을 보낼 수 있었다.

"이틀만 기다려 봅시다."

성준이 말했다. 이틀이면 로프스의 영주가 항복을 고민하기에 충분한 시간이라고 생각되었다.

"강성준 경! 답신이 왔습니다!"

막사 문이 열리고 루토가 뛰어 들어왔다.

"벌써요? 생각보다 빠르네요."

항복을 권하는 마법 통신을 보내고 고작 하루 정도가 지낸 시점이었다. 시간을 끌기 위해서라도 이틀은 채울 것이라고 생각했지만 아니었던 모양이었다.

"내용을 알려주시겠습니까?"

"예상은 했지만 로프스 백작은 생각보다 쓰레기 같은 놈이더군요. 항복 권고에 대한 답신은 거절입니다. 욕설이 상당히 많이 섞여 있었지만, 그건 생략하도록 하겠습니다. 끝까지 버틸 거라고 하더군요."

"시민들을 인질로 삼고 버틸 생각인가 보군요."

"그렇습니다. 상륙군의 전술을 다 파악하고 이런 답신을 보냈을 겁니다."

루토의 목소리에서 분한 감정이 묻어 나왔다.

상륙군의 현대 화기를 사용한 강력한 포격 전술은 범위 공격이기 때문에 정밀 조준이 힘들다. 그래서 민간인이 섞여 있는 구역은 함부로 공격할 수 없었다. 미친 척하고 융단 폭격을 할 수도 있겠지만 성준은 그런 대학살이 벌어지는 것은 원치 않았다.

"장훈아."

성준은 장훈을 불렀다.

"예, 형님! 부르셨습니까?"

"참모장 불러와."

"예! 알겠습니다!"

잠시 시간이 지난 후, 장훈은 한규와 함께 성준의 막사로 돌아왔다. 성준과 루토, 두 사람의 시선을 받으며 막사로 들어온 한규는 절도 있는 동작으로 경례를 했다. 성준도 어설픈 경례로 답했다.

"도시의 포위는 어느 정도 진행되었습니까?"

성준이 물었다.

로프스가 자주포의 사정권에 들어오기는 했지만 포위는 조금 더 진군한 이후 시작되었고 아직 현재진행형이었다.

"80% 정도 완성되었습니다. 4시간 안에 도시를 완전히 포위할 수 있습니다."

"좋습니다. 포위가 완성되어도 선제 타격하지 말고 대기하세요. 다만, 적이 공격해 올 경우에는 일정 수준의 반격을 허가합니다."

"지시하신 내용을 각 부대에 전파해 두겠습니다."

한규가 대답했다. 그는 천성 군인이었다. 상관인 성준의 명령을 절대적으로 따랐다.

"강성준 경…… 어떻게 하실 생각이십니까?"

조심스럽게 질문을 던진 사람은 해방군의 작전 참모를 맡고 있는 루토였다. 그도 도시에 대한 무차별적인 포격은 반대하는 입장이었다.

"도시 전체에 대한 포격전은 없을 겁니다. 그러니까, 안심하세요."

"그렇다면 다행이지만…… 어떻게 할 생각이십니까? 로프스를 놔두고 아렌시아 중심 도시로 진격할 수는 없습니다."

소수의 적이라도 후방에 남겨두게 되면 큰 위협이 된다.

"로프스를 방치할 생각은 없습니다."

"묘책이라도 있으십니까? 제가 볼 때 상륙군 병력은 공성전은 몰라도 이쪽 세계의 시가전에는 익숙지 않을 것 같은데요."

루토의 지적은 정확했다. 상륙군은 현대전에 익숙한 병력이었다. 평원에서의 전투는 몰라도 이곳에서의 시가전은 많이 낯설 것이다.

수적으로 많이 차이 나기 때문에 상륙군이 패전하지는 않겠지만 적지 않은 피해가 발생할 게 분명했다.

"소수 정예 병력으로 도시에 침투해서 영주성과 주요 병력 주둔지를 쓸어버릴 생각입니다. 지휘부와 무장 병력이 전멸하면 도시를 점령할 수 있습니다."

시민들은 저항하지 않을 것이다. 간혹 제국에 과잉 충성하는 이들이 반항을 하겠지만, 본보기로 그들을 처형하면 조용해질 것이다.

성준은 무차별적인 포격보다는 오히려 본보기 처형이 훨씬 낫다고 생각했다.

"저희 해방군의 특수부대를 지원해 드리겠습니다. 상륙군의 헌터들보다는 이쪽의 시가전에 익숙할 테니, 분명 도움이 될 겁니다."

"감사합니다. 지금 바로 침투 부대를 편성해야겠습니다. 해방군 쪽 편성은 루토 경에게 맡기겠습니다."

"맡겨주십시오. 최고의 전투원들을 지원해 드리겠습니다."

침투 부대 편성이 시작되었다. 오래 걸리지는 않았다.

로프스에 대한 포위진이 완성되었을 때 즈음에 침투 부대의 편성도 끝났다.

선봉은 성준이 이끄는 로드 길드였다.

"일단은 밤이 되면 움직인다."

성준이 길드원들에게 전달했다.

그리고 밤이 되었다.

"선봉이 먼저 침투합니다. 나머지는 대기하세요."

이야기 한 대로 선봉인 성준과 로드 길드가 먼저 움직였다. 성준은 장훈과 함께 먼저 성벽을 타고 올라가 성벽로의 보초들을 제거했다. 정철은 아래에서 다른 길드원들의 호위와 주변 경계를 맡았다.

"형님, 성벽로를 지키고 있던 보초들을 모두 처리했습니다."

"좋아, 신호 보내."

장훈이 신호를 보내자 남은 로드 길드원들과 해방군의 특수부대원들이 어둠 속에 몸을 숨긴 채 성벽을 넘었다.

"각 조장들은 잠깐 여기로."

조장들을 호출한 성준은 그들에게 공격 목표를 다시 한번 확인시켰다. 영주성은 성준과 로드 길드의 공격 목표였고 다른 침투조에서는 경비대 및 수비대의 주둔지를 공격하기로 했다.

"그럼, 행운을 빕니다."

그 말을 끝으로 모두가 흩어졌다. 성준은 로드 길드와 함께 곧장 영주성으로 향했다. 내성의 중앙에 위치해 있는 영주성은 전시 상황이라서 그런지 경계가 삼엄했다.

하지만 성준이 앞장서서 보초들을 제거한 덕분에 금세 영주성에 도달할 수 있었다.

"다들 여기서 포위를 형성하고 나오는 놈들 다 죽여."

"형님! 혼자서 괜찮으시겠습니까?"

"난 이 두 놈이면 충분해."

장훈이 조심스럽게 걱정을 표하자 성준은 곁을 지키고 있는 2명의 키메라 기사를 가리켰다. 제로스에 의해 신체가 개조되고 충성의 룬이 각인된 소이드와 토벤이었다. 기사 여단에서도 서열 10위 안에 들어가는 실력자들이었으니, 방해가 되지는 않을 것 같았다.

"따라와라."

성준은 두 키메라 기사들에게 지시를 내리며 먼저 움직였다. 굳이 어둠 속에 몸을 숨기지 않고 영주성 정문에 모습을 드러냈다.

로드 길드에서 포위를 시작했기 때문에 영주가 도망친다는 걱정은 없었다.

"누, 누구냐?"

"저, 적인가?"

망루의 병사들이 갑작스럽게 모습을 드러낸 성준을 보고서는 깜짝 놀라 석궁을 겨눴다.

성준은 그들을 보며 입꼬리를 끌어 올렸다.

"변형."

이제 악몽이 시작된다.

"질풍검."

고속 이동술과 함께 성준이 현란하게 검을 휘두르자 날카로운 검풍이 전방으로 쏟아졌다. 앞을 막아선 기사들이 힘없이 쓰러졌다. 그들은 모두 평기사였다.

정예 기사도 몇 명 섞여 있었던 것인지 오러로 갑옷이나 방패를 강화한 이들이 소수 보였다. 정예 기사라고는 하지만 A급에서 S급의 실력자들일 뿐이었다.

성준이 나서면 일순간에 토벌될 전력이었다.

"길드장님. 저희가 엄호하겠습니다."

한석이 말했다. 신철도 스태프를 들어 올렸다.

"포위는 어떻게 하고 여기 왔어?"

성준이 말했다. 그는 검을 앞으로 겨누며 자세를 가다듬었다. 뒤에서는 한석과 신철이 공격 마법을 캐스팅하는 것인지 마력의 유동이 느껴졌다.

"박정철 씨와 제로스 씨가 다른 침투조와 합류해서 주요 길목을 차단했습니다. 저희는 길드장님을 지원하려고 왔고요."

신철이 말했다.

"인페르노."

"홍염의 심판."

한석과 신철이 고위 마법을 완성했다.

"크아아악!"

"으아아악!"

전방이 일순간에 불바다가 되었다. 마법의 범위에서 미처 벗어나지 못한 정예 기사 일부가 화염을 덮어쓴 채 괴로운 비명을 내질렀다. 하지만 대부분이 공격 마법을 피하거나 강화한 오러로 버텨냈다.

성준은 그들을 가만히 놔두지 않았다.

"블링크."

일순간에 거리를 좁혔다.

"허, 허억!"

"마, 막아!"

어느새 그들의 눈앞에 성준이 나타났다.

황급히 오러를 머금은 검을 휘둘렀지만 성준은 미꾸라지처럼 그들의 진형 깊숙이 침투했다.

"환영검무."

중심에서 펼쳐지는 환영검의 향연에 정예 기사들이 피를 흩뿌리며 힘없이 쓰러졌다. 애초에 S급이나 A급 수준인 그들이 검성의 무력을 지니고 있는 성준의 상대가 될 리가 없었다.

"죽여라!"

살아남은 3명의 정예 기사가 움직였지만.

"그 누구도."

"주군을 위협할 수 없다."

키메라 기사 둘에게 살해당했다.

"역시 형님이십니다!"

뒤따르던 장훈은 성준의 주위에 쓰러져 있는 기사들을 시체를 한 차례 훑고는 감탄을 쏟아냈다.

성준이 선봉에 선 덕분에 로드 길드원들은 영주성의 성문을 쉽게 통과했다.

"포위는 완벽하겠지?"

"다른 침투조가 합류한 덕분에 저희가 없어도 포위는 완벽합니다. 정철 씨와 제로스 씨가 남은 건 지휘를 위해서지 다른 이유가 있는 건 아닙니다."

한석의 설명에 성준은 고개를 끄덕였다. 포위가 완벽하다면 문제는 없었다. 그는 신철과 한석, 그리고 장훈과 함께 영주성 공략을 계속했다.

"영주의 모습은 보이지 않는군요."

저택까지 침투했지만 영주의 모습은 보이지 않았다.

신철은 아쉬운 표정으로 말했다. 직접 영주를 사로잡고 싶었던 모양이었다. 성준도 고개를 끄덕였다.

그때 한석이 무전기를 귓가로 가져갔다. 누군가의 목소리가 작게 새어 나왔고 한석은 고개를 끄덕였다.

그러더니 성준을 보며 입을 열었다.

"박정철 씨 쪽에서 영주를 사로잡았다고 합니다. 어떻게 할까요?"

"어떻게 하기는, 성문 다 열고 도시에 상륙군 수용해야지."

"알겠습니다. 상륙군과 해방군의 루토 경에게 연락을 넣어 두겠습니다."

한석이 다시 무전기를 들어 올렸다.

상륙군 사령부와 무전을 주고받는 것 같았다.

성준은 검을 집어넣고서 주변을 살폈다.

"성의 손상이 심하지는 않네. 지휘소로 쓸 수 있겠어."

"저도 그렇게 생각합니다."

신철도 고개를 끄덕이며 동의했다.

이윽고 한석이 무전기를 내려놓았다.

"상륙군 사령부에 연락을 넣었습니다. 지금 군대를 도시로 진입시키겠다고 합니다."

⚕

상륙군이 도시를 점령하고 일주일이 지났다. 30만 연합군이 차원 관문을 통해 이계에 상륙했다.

연합군은 천천히 진군했다. 선발 부대가 로프스에 도착해서 상륙군으로부터 도시의 주둔 임무를 인계받았다.

"도시의 치안 상태는?"

"문제없습니다. 처음에는 반발이 심했지만 몇 명을 본보기로 처형했더니 조용해졌습니다."

성준의 물음에 정철이 대답했다.

몇 명을 처형했다는 것은 공식적인 기록이었다. 비공식적으로는 더 많은 수의 반란 세력이 목숨을 잃었다.

정철은 비록 그 수를 세지는 않았지만 그 숫자가 수십 명 규모는 될 것이라고 속으로 생각했다.

영주가 처형당하자 첫 번째 점령지인 로프스는 빠른 속도로 안정되어 갔다. 뒤에서 정철이 공작을 펼치기도 했지만 루토의 해방군이 적극적으로 나선 덕분도 있었다.

"연합군에서 연락이 왔습니다. 군의 재정비와 보급 문제 때문에 당장은 로프스 인근을 벗어나서 아렌시아 중심 도시를 공격하기 곤란하다고 합니다."

정철이 보고를 받은 성준이 눈살을 찌푸렸다. 재정비와 보급 문제는 이해하지만 아렌시아 중심 도시를 향한 진군이 생각보다 늦어지고 있었다.

아렌시아 지방군의 대부분이 격퇴되었다고는 하지만 아직 소수가 남아 있었고 중앙에서 소집된 제국군 또한 남쪽으로 내려오고 있었다.

시간이 많지 않았다.

"상륙군은? 준비가 끝났습니까?"

"물론입니다. 지금 당장에라도 움직일 수 있습니다."

한규가 대답했다.

그 외에도 작전 회의실에 모여 있는 대부분의 참모 장교가 자신감 넘치는 표정으로 고개를 끄덕였다.

"좋습니다. 연합군은 천천히 와도 되니까, 상륙군이 먼저 움직입니다. 우선은 아렌시아 중심 도시로 진군하도록 하죠."

해방군의 정보망에 의하면 제국군 병력이 남쪽으로 내려오고 있다고 한다. 그들이 도착하기 전에 아렌시아 중심 도시를 점령하는 것이 목표였다.

"아렌시아 지방군이 대부분의 병력을 잃은 지금, 저희 해방군과 상륙군만으로도 중심 도시 점령이 가능합니다."

루토가 자신감 넘치는 목소리로 말했다.

"현재 연합군이 로프스 일대에 전개한 상태입니다. 로프스의 치안 유지는 연합군에게 맡기고 저희는 먼저 움직여도 될 겁니다."

"참모장의 말대로 하죠. 지금부터 상륙군은 아렌시아 중심 도시를 향해 진군합니다."

성준은 결단을 내렸다. 상륙군은 로프스를 떠나 아렌시아 중심 도시로 진군했다. 현대화된 병력의 이동이었기 때문에 얼마 걸리지 않아서 아렌시아 중심 도시를 포위할 수 있었다. 지방군 전력 대부분은 첫 전투에서 상륙군에 의해 전멸했기 때문에 남은 소수, 기껏해야 2만이 넘는 병력으로는 상륙군의 진군을 저지할 수 없었다.

"로프스 때처럼 갑니까?"

루토가 물었다.

성준은 고개를 끄덕이며 입을 열었다.

"그게 좋을 겁니다. 항복 권고를 해도 저쪽에서 받아들이지 않을 거예요. 로프스의 경우처럼 소수 인원을 투입해서 영주성과 군 병력 주둔지를 제압해야 합니다."

"아렌시아 중심 도시에 주둔 중인 경비대와 수비대 병력을 합치면 3만 명 정도 될 겁니다. 로프스의 경우보다 많은 인원을 투입해야 합니다."

"좋습니다. 이번에도 영주성 제압은 저와 로드 길드에서 맡겠습니다. 루토 경께선 영주성 포위를 지원해 줄 침투조만 더 붙여주세요."

"맡겨주십시오."

침투조 편성은 빠르게 진행되었다. 해방군 병력이 추가로 합류하면서 침투조에 편성할 수 있는 정예 병력이 늘어났다. A급 이상의 헌터, 그리고 정예 기사와 대마법사 등 100여 명의 인원으로 구성된 침투조가 편성되었다.

그들은 성준의 지휘 하에 아렌시아 중심 도시로 침투하여 군 병력 주둔지와 영주성 등으로 흩어져 제압을 시작했다.

"영주님! 영주성이 포위되었습니다! 하얀 악마가 정예 병력을 이끌고 저택의 방어선을 공격하고 있습니다! 얼마 버티지 못할 겁니다! 속히 피하셔야 합니다!"

아렌시아 후작 가문에 소속된 대마법사가 영주 집무실로 황급히 뛰어 들어오며 바깥의 상황을 보고했다.

"영주성이 포위되었는데, 어디로 도망친다는 말이냐."

아렌시아 후작이 말을 마치며 옆에 놓여 있는 검을 집어 들었다. 그는 정예 기사 출신으로 S급 정도의 실력자였다. 도망칠 생각은 없었다.

"하지만 영주님! 상대는 '하얀 악마'입니다! 검성이란 말입니다!"

"상대가 검성이라고는 해도 황제 폐하를 모시는 제국의 기사는 도망치지 않는다!"

목소리에서 결의가 넘쳤다. 영주가 그렇게 이야기를 하니 가문의 대마법사도 고개를 저을 수밖에 없었다.

두 사람은 곧 저택의 정원으로 나왔다. 얼마 지나지 않아서 성준이 키메라 기사 둘과 함께 방어선을 뚫고 모습을 드러냈다.

"하얀 악마……."

아렌시아 후작은 마른침을 삼켰다. 소문으로만 들었지 실제로 마주하는 것은 처음이었다. 거리가 제법 떨어져 있음에도 불구하고 느껴지는 살기가 진했다. 뿐만 아니라 주위를 압도할 정도의 마력도 느껴졌다.

"정렬! 쏴라!"

석궁수들이 방아쇠를 당겼다. 수십 발의 화살이 성준을 노렸지만 키메라 기사 둘이 앞으로 달려 나와 검으로 모든 화살을 쳐냈다.

그리고.

"블링크."

"크아아악!"

"으아아악!"

전방의 기사들이 힘없이 쓰러졌다. 성준은 순식간에 아렌시아 후작의 근처에 도달했다.

"라이트닝 스피어!"

대마법사가 먼저 공격 마법을 완성했다. 전격의 창이 일순간 성준의 심장을 노렸지만 파마의 검 앞에서는 무의미했다.

성준이 검을 휘두르자 파마의 검은 어이가 없을 정도로 힘없이 흩어져 소멸했다.

"가속."

"크악!"

그리고 대마법사의 심장에는 성준이 던진 단검이 꽂혔다. 그는 입 밖으로 피를 쏟아내며 힘없이 쓰러졌다.

"와라! 하얀 악마! 내가 상대해 주마!"

이윽고 성준의 시선이 향한 곳에 아렌시아 후작이 있었다. 그는 두려움을 이기기 위해 힘차게 검을 휘둘러 보였다.

"용기에는 경의를 표하지만, 죽어줘야겠다."

"사, 사라졌어?"

"뒤다."

어느샌가 성준은 아렌시아 후작의 뒤에 있었다. 블링크를 사용할 필요도 없었다. 고속 이동술만으로 후방을 차지한 성준이 힘차게 검을 휘둘렀다.

"큭!"

첫 번째 일격은 어떻게든 막아낼 수 있었다. 아렌시아 후작도 약한 기사는 아니었으니까, 하지만 문제는 폭풍처럼 이어지

는 연격이었다

"크아아악!"

붉은 피가 분수처럼 솟구치고 아렌시아 후작의 왼팔이 잘려 날아갔다. 그가 고통에 찬 신음을 토해내는 사이, 성준은 검을 회수하는 것과 동시에 아렌시아 후작의 목을 노리고 검을 내찔렀다.

후작은 뒤늦게 오러 아머를 목 부위에 집중시켰지만 성준의 강력한 오러 블레이드를 막을 수는 없었다. 애초에 오러의 강도부터가 달랐다.

"커헉!"

오러 블레이드에 목이 관통당한 아렌시아 후작은 힘없이 쓰러져 피를 쏟아냈다. 곧 그의 숨이 끊어졌다. 시신은 붉은 피를 줄줄 흘리며 싸늘하게 식어갔다.

"영주가 죽었다! 모두 항복해라!"

성준이 큰 소리로 외쳤다. 끝까지 저항하는 이들도 있었지만 영주의 죽음에 모든 것을 포기하고 항복하는 이들도 적지 않았다.

"성문을 열어라."

동서남북의 성문이 열렸다. 무전을 받은 상륙군이 진입하면서 아렌시아 중심 도시는 완전히 성준의 손에 들어왔다.

7장
제국은 협상을 원한다

아렌시아 중심 도시를 점령한 상륙군은 뒤이어 합류한 연합군 보병 사단에 도시의 주둔 임무를 맡기고는 리듀시아 지방의 경계를 넘었다. 2개의 도시를 연이어 점령하고 리듀시아 중심 도시로 향하는 상륙군을 막을 장애물은 없었다.

"리듀시아 지방의 해방군 정예 병력 2천이 합류했습니다."

정철이 성준의 막사 안으로 들어오며 보고했다. 리듀시아 지방군 15만을 격파한 상륙군은 중심 도시를 포위한 상태로 공격 기회를 엿보고 있었다.

"리듀시아 중심 도시를 제압하기에 충분한 전력입니다. 당장 공격을 시작해도 상관없을 것 같습니다."

정철은 자신감 넘치는 목소리로 말했다. 당장 동원할 수 있는 정예 병력의 수만 해도 5천이 넘었다. 그에 비해 루토의 해방군 정보통이 전한 소식에 의하면 리듀시아 중심 도시를 지키고 있는 무장 병력의 수는 2만이 되지 않은 듯했다. 그렇다면 정예 병력의 수는 더 적다는 말이 된다.

"저도 지금 공격을 시작하는 게 좋다고 생각합니다."

막사 구석에서 차를 끓여 마시고 있던 루토도 정철의 의견에 힘을 실어주었다. 둘은 상륙군과 해방군 입장에서 부관과도 같은 존재였다. 그래서 의견 교환이 잦았고 친해지게 된 것 같았다.

의사소통 같은 경우에는 정철이 한석에게 이계어를 배웠기 때문에 문제없었다. 그는 머리가 좋았고 덕분에 이계어를 금방 익힐 수 있었다.

"루토 경께서도 그렇게 생각하십니까?"

정철이 조심스럽게 물었다.

그는 성준에게서 이계의 문화도 조금 배운 덕분에 '경'이라는 호칭을 자연스럽게 사용했다.

"예. 해방군에서 수집한 정보에 의하면 제국군의 주력이 리듀시아 지방의 경계에 도착했다고 하는군요."

"중심 도시를 점령해야 이후, 벌어질 전투에서 유리한 위치를 점할 수 있겠군요."

"그런 셈이죠."

성준은 두 사람이 이계어로 대화를 나누는 것을 차분하게 들으며 생각을 정리하고 있었다.

그는 루토가 건네준 찻잔을 받아들며, 입을 열었다.

"공격 계획은 그대로 간다."

머릿속으로 몇 번이나 시뮬레이션을 돌려 보았지만 로프스와 아렌시아 중심 도시 등을 공격할 때 사용했던 공격 계획을 이번에도 사용하는 게 좋다고 생각되었다.

"보고를 들어보니까, 리듀시아 중심 도시의 성벽에는 거의 24시간 동안 대규모 병력이 배치되어 있다고 하는데, 괜찮을까요?"

"그렇다고 해서 도시에 포격 쏟아부을 수는 없으니까, 지금은 이게 최선이지."

신철이 조심스럽게 우려를 표했지만, 성준은 고개를 저으며 대답했다.

지금까지 도시들이 같은 전략에 당했기 때문에 리듀시아 중심 도시도 대비를 하고 있는 것 같았다. 이전처럼 쉽지는 않겠지만 다른 방법은 없었다. 일반 시민의 존재는 무시하고 도시에 포격을 퍼붓는 미치광이 같은 짓은 사양하고 싶은 마음이었다.

"결행은 언제입니까?"

정철이 물었다. 성준의 시선이 그에게 향했다.

"정예 병력의 준비 상황은?"

"완벽합니다. 당장 오늘 밤이라도 움직일 수 있습니다."

언제라도 행동할 수 있도록 준비시켜둔 모양이었다. 성준은 만족스러운 표정으로 고개를 끄덕이며 입을 열었다.

"제국군이 빠르게 남하하고 있으니까, 오늘 밤에 당장 움직이는 게 좋겠다. 반대는 없지?"

"물론입니다."

"없습니다."

당장 찬성한 이는 정철과 루토가 전부였지만, 상륙군 사령부의 참모 장교들도 반대하지 않을 것이라는 확신이 있었다. 이미 그들은 성준이 확실하게 쥐고 있었다.

"참모장한테 전달하고 바로 준비해."

"알겠습니다."

성준의 지시를 받은 정철이 빠르게 움직였다. 예상대로 참모부에서도 반대는 없었다. 그들은 성준 덕분에 낯선 이계에서 연이어 승전했다.

모두가 그 사실을 잘 알고 있기도 했고 개전 초기에 정석진 준장의 실수로 크게 패배할 뻔한 적이 있었기 때문에 지금은 순순히 따르고 있었다.

"침투조의 준비가 끝났습니다. 총원 3천 명입니다."

밤이 찾아오자 정철이 다가와서 보고했다. 침투조의 수가 생각보다 많은 것 같았지만 어찌 보면 당연했다. 현재 리듀시아 중심 도시는 침투 병력을 방어하기 위해 전 병력을 교대로 특급 경계 상태를 유지하고 있었다. 이번에는 은밀한 침투는 물 건너갔다고 봐도 좋았다.

보나 마나 시가전이 터질 텐데, 그렇다면 적은 수의 침투 병력으로는 군사 시설과 영주성을 무력화시키기 힘든 게 사실이었다.

"이동한다. 이번에도 영주성 제압 지휘는 로드 길드에서 맡는다."

성준이 지시를 전달했다.

3천의 침투 병력이 동서남북으로 흩어져서 전개했다. 이번에는 은밀 침투가 아니었다. 붉은 신호탄이 점멸한 순간 교란 목적의 포격이 시작되었다. 철저하게 성벽 쪽만을 노린 포격이었기 때문에 도시에는 피해가 없었다. 그러나 성벽의 경계 병력을 동요하게 만들기에는 충분했다.

"침투하라!"

이윽고 대기하고 있던 병력이 성벽 너머로 침투하면서 전투가 시작되었다. 로프스나 아렌시아 중심 도시, 그리고 리듀시아 지방의 다른 두 개의 도시를 제압했을 때와는 비교도 되지 않을 정도의 격렬한 저항과 마주하게 되었다.

성준과 로드 길드가 지휘하는 침투조가 가장 먼저 영주성을 제압하고 신호탄을 쏘아 올렸다. 영주를 처단한 성준은 길드원들과 함께 다른 무장 병력 주둔지 제압을 지원했다.

"하, 항복하겠다."

"항복하겠습니다."

처음에는 저항이 격렬했지만, 시간이 지날수록 상황은 그들에게 불리하게 진행되고 있었다.

항복할 수밖에 없었다. 3천의 정예 병력은 결코 무시할 만한 전력이 아니었다. 게다가 영주성과 지휘부가 제압당한 탓에 지휘 및 명령 체계도 꼬여 있는 상태였다. 항복이 최선의 선택이었다. 그렇게 리듀시아 중심 도시가 상륙군과 해방군의 손에 넘어갔다.

황성 안에 위치한 회의실에 군부 소속의 여러 귀족이 모여 있었다.

"리듀시아 중심 도시가 점령당했습니다. 이제 이계의 상륙군과 반란군은 포레인 지방만 넘으면 수도가 있는 필리어스 지방에 도착하게 됩니다. 제국군은 도대체 뭘 하고 있었습니까?"

황실 마탑주, 안펠리코 후작이 제국군 사령관 렌칼 후작을 보며 날카롭게 쏘아붙였다. 군부 소속의 다른 귀족들의 시선도 안펠리코를 따라 렌칼에게 집중되었다.

참다못한 렌칼이 흥분한 표정으로 입을 열었다.

"안펠리코 후작. 수십만 규모의 군대를 움직이는 일이 그렇게 쉬울 거라고 생각하오? 제국군은 전원 마법사로 구성된 게 아니라 단체로 워프를 사용할 수 없다는 말이오!"

"그렇다고는 하지만 남하 속도가 너무 느린 것 같습니다."

"지금 이게 최고 속도요. 사방에서 게릴라를 펼치는 해방군 병력 때문에 제대로 속도가 붙지 않고 있소. 해방군이 이렇게 날뛰는 건 특무군의 책임이 아니오?"

불똥이 특무군에게 튀었다.

날카로운 대화를 경청하고 있던 특무군 사령관, 아레스 백작이 천천히 고개를 들어 올렸다.

"친애하는 군부 귀족 여러분, 간밤에 경들의 목이 안전하게 붙어 있을 수 있었던 게 누구 덕분이라고 생각하십니까? 저희 특무군과 정찰총국의 공작이 없었다면 은밀하게 침투한 해방군의 검성이 이미 한 명씩 목을 따서 수거해 갔을 겁니다."

해방군 봉기 초기에 있었던 일이었다. 해방군에 붙은 검성이 신분을 숨긴 채 제국 내부에서 은밀하게 활동하여 요직에 있던 2명의 목을 따고 숨은 적이 있었다.

귀족들은 뒤늦게 그때의 악몽을 떠올리고는 몸을 떨었다.

"저희 특무군은 일을 하고 있습니다. 그것만큼은 알아주셨으면 좋겠습니다."

특무군에게 튄 불꽃은 사그라들었다. 대화가 의도했던 대로 진행되지 않자 렌칼은 피가 새어 나올 정도로 입술을 세게 깨물었다.

아레스는 그런 렌칼을 보며 입꼬리를 슬쩍 끌어 올렸다. 가벼운 도발이었지만 고작 그 정도에 넘어갈 정도로 렌칼은 만만한 상대가 아니었다.

그는 침묵을 지켰다. 기분은 나빴지만 지금 당장 잘한 게 없으니 그저 고개를 저으며 넘길 수밖에 없었다.

"그런데, 제국군 주력이 합류하지 않았다고는 하지만, 지방군이 있지 않습니까? 그들은 왜 이렇게 쉽게 무너진 것이죠?"

어떤 귀족이 눈치 없이 물었다. 한눈에 보기에도 부모의 작위를 이어받았을 뿐인, 능력 없는 제국의 귀족이 분명했다.

"'하얀 악마'의 무력이 생각보다 강한 듯합니다. 전성기 시절의 로우켈만큼은 아니지만, 13기사회에서도 상위권의 실력으로 보입니다. 특단의 조치가 필요합니다."

정찰총국 소속의 고위 간부가 대답했다. 그는 '하얀 악마'의 무력을 오판한 현 상황을 심각하게 보고 있었다.

"황제 폐하께서 입실하십니다!"

문이 열리고 황실 친위대의 기사가 먼저 달려 들어와 소리쳤다. 앉아 있던 군부의 귀족들이 일제히 자리에서 일어났다.

열린 문에서 13기사회의 최고 기사 발리안과 함께 황제가 걸어 들어왔다.

"제국군 사령관."

"예! 황제 폐하! 무엇이든 하명하십시오!"

"리듀시아 지방의 경계를 넘은 제국군의 숫자는 얼마나 되지?"

"남하 중에 다른 부대와 추가 합류하여 지금은 30만이 되었습니다!"

렌칼이 힘찬 목소리로 대답했다. 특무군 사령관이나 황실 마탑주와의 관계는 그렇게 좋지 않았지만, 황제를 향한 충성심은 진심이었다.

"회군해서 포레인 지방의 제국군과 합류하면 숫자가 얼마나 되지?"

"50만입니다. 황제 폐하."

"좋군. 회군해서 포레인 지방에서 전선을 구축하도록."

"알겠습니다!"

반대 의견은 없었다. 황제는 전략, 전술에도 조예가 깊었기 때문이었다. 포레인 지방만 넘으면 수도가 있는 필리어스 지방이라는 게 조금 걸리기는 했지만 렌칼은 황제의 의견에 이견을 품지 않았다.

"특무군 사령관."

"예! 하명하십시오! 황제 폐하!"

이번에는 특무군 사령관, 아레스가 힘차게 대답했다. 황제는 중앙의 의자에 앉으며 입을 열었다.

"왕국 연합과의 전선은 어떻나?"

"조금씩 밀리고 있습니다. 북부 방면군과 서부 방면군의 국경 병력을 차출하는 건 무리일 것 같습니다."

"남부 방면군은 해방군 주력과 전투 중이라서 동원하기 힘들고……."

"그렇습니다."

아레스가 고개를 끄덕였다. 황제는 입술을 살짝 깨물었다. 고민이 많았지만 지금 당장 취할 수 있는 해결 방법은 몇 개 없었다.

"일단 사신을 보낸다."

"협상을 하실 생각이십니까?"

어떤 귀족이 물었다.

황제는 입꼬리를 끌어 올리며 고개를 저었다.

"아니, 시간 벌기다. 우선은 사신을 보내서 시간을 벌고 동부 방면군에 중무장 명령을 전달하라."

"괜찮으시겠습니까? 동부 방면군의 사령관은 과거 로우켈의 측근이었던 페이드 후작입니다."

아레스가 조심스럽게 우려를 표했다. 황제와 달리 그는 아직까지 페이드를 의심하고 있었다.

"페이드 후작은 그 이후로, 제국에 충성심을 보여줬다. 문제는 없을 것이다. 상관없으니, 무장 명령을 내려."

그동안 망설였던 동부 방면군의 동원을 결정할 정도로 제국의 상황은 좋지 않았다.

리듀시아 중심 도시를 점령하고 3일의 시간이 지났다. 상륙군은 다음 전투에 대비해 빠르게 재정비를 하고 있었고 뒤이어 주둔 임무를 인계받을 연합군이 빠른 속도로 중심 도시를 향해 접근하는 중이었다.

"에리나 경께서는 언제 오시는 겁니까?"

성준이 루토를 보며 질문했다. 두 사람은 점심 식사를 끝내고 영주성 내부의 산책로를 따라 걷고 있었다.

"어제 포레인 지방에서 경계를 넘어 리듀시아 지방에 진입했다는 소식을 보고 받았습니다."

루토가 말했다.

에리나도 이곳으로 오고 있었다. 성준과 상륙군은 다음에 벌어질 제국군 주력과의 전투를 앞두고 그녀를 기다리고 있었다. 전쟁 병기인 검성이 하나라도 더 있으면 큰 도움이 되는 것은 당연한 이야기였다.

어차피 상륙군도 휴식과 재정비, 그리고 보급이 필요하기 때문에 당장 움직일 수 없었다.

"워프 게이트가 통제되고 있지만, 곧 도착하실 겁니다."

"그렇다면 다행이네요."

루토의 말에 성준은 고개를 끄덕였다. 에리나가 합류하고 상륙군의 준비가 끝나면 바로 움직이고 싶었다.

정철과 한규는 지금부터는 전격전에 가까운 빠른 기동전술을 펼쳐야 한다고 말했다.

그들의 의견에는 성준도 동의했다.

"슬슬 돌아갈까요? 루토 경. 이 정도면 식후 산책은 충분한 것 같습니다."

30분 정도를 걸었다. 그동안 영양가 있는 이야기를 많이 나누긴 했지만, 본격적으로 업무에 복귀할 때가 되었다.

성준의 제안에 루토도 고개를 끄덕였다.

"동의합니다. 돌아가죠."

막사로 발걸음을 옮기려는 순간이었다. 멀리서 익숙한 기척이 가까워지고 있었다. 성준은 기척이 느껴지는 방향으로 고개를 돌렸다. 그 방향에서 정철이 뛰어오고 있었다.

"길드장님! 급히 보고드릴 게 있습니다!"

"무슨 일이야?"

정철이 급히 거리를 좁혀왔다. 성준이 묻자 그는 주변을 빠르게 살피더니 입을 열었다.

"제국에서 사절단을 보내왔습니다. 벌써 리듀시아 중심 도시 근처에 도착했다고 합니다."

소드마스터 힐러님 11

"뭐라고? 이런……."

단번에 성준의 인상이 구겨졌다. 이런 상황에 사절단을 보냈다는 것은 하루라도 더 시간을 벌겠다는 불순한 의도가 뻔히 보이는 행동이었다. 아마 협상이라는 이름의 시간 벌기가 진행되는 동안 제대로 된 공격 작전을 펼칠 수 없을 것이다.

'황제…… 머리를 좀 썼군.'

전생 시절의 기억을 가지고 있는 성준은 황제가 지략가라는 사실을 잘 알고 있었다. 인정하기 싫지만, 그는 머리 돌아가는 속도가 빨랐다. 빠르게 상황을 분석하고 해결책을 제시하는 게 능력이었다.

"강성준 경. 너무 조급하게 생각할 필요는 없을 것 같습니다. 어차피 군의 재정비도 아직이고 에리나 경께서도 합류하지 않았습니다. 우리 측의 준비가 끝나기 전에만 돌려보내면 될 문제입니다."

루토가 말했다.

성준도 같은 생각이었다. 사절단이 방해된다면 최대한 빨리 치워 버리면 되는 문제였다.

그의 시선은 루토에게서 정철을 향해 옮겨갔다.

"정철아. 사절단은 언제쯤 도착할 것 같아?"

"워프 게이트를 이용해서 움직이고 있는 것 같습니다. 오늘 오후 7시 전에는 리듀시아 중심 도시에 도착할 것 같습니다."

"좋아. 너는 사절단이 이동하는 경로와 시간을 실시간으로 주시하고 있다가 나한테 보고해."

"알겠습니다."

정철과의 이야기는 끝났다.

다시 그의 시선이 루토에게 향했다.

"루토 경, 왕국 연합에는 연락을 보냈습니까?"

"예. 처음에는 못 믿는 눈치였지만 그쪽도 바보가 아니니, 정보를 입수했을 겁니다. 지금은 전 병력을 동원해서 제국의 북부 국경을 압박하고 있습니다. 이걸로 북부 방면군과 서부 방면군은 발이 묶였습니다."

"남부 방면군은 해방군 주력이 잡아주고 있고…… 동부 방면군은 페이드 후작님께서 지휘하고 계시죠."

"예. 그렇습니다. 동부 방면군에 무장 명령이 하달되었다는 정보를 입수했지만, 별일은 없을 겁니다. 동부 방면군의 대부분은 황실보다는 페이드 후작님의 명령을 따르니까요. 무장을 받아들이지 않을 겁니다."

북부 방면군 다음으로 규모가 큰 동부 방면군은 본래 종족 연합과의 전선을 유지했던 곳이었다. 비록 지금은 대부분의 병력이 경무장을 갖추거나, 무장 해제되어 있지만, 여전히 수가 많았다. 그리고 대부분이 옛날부터 페이드 후작과 함께 마물을 사냥해 오던 이들이라 종족 연합과의 동맹에 불만을 품고 있는 경우가 많았다.

"하나만 확인하겠습니다. 동부 방면군에서 페이드 후작님의 명령을 철저하게 따를 만한 병력은 얼마나 됩니까?"

"아마도 7할 정도입니다. 옛날부터 페이드 후작님께서는 동부 방면군에 대한 제국의 시선이 소홀해진 틈에 사병화 계획을 진행 중이셨습니다."

제국 동부 방면군은 100만 명이 넘는 거대한 몸집을 가지고 있다. 7할이면 70만 명이었다.

"무장 명령을 받아들이라고 전하세요."

"강성준 경? 국경의 안전을 생각해도 최소 70만이 이곳으로 향할 텐데, 감당할 수 있겠습니까?"

"루토 경. 조금 전에 페이드 후작님의 명령을 따르는 70만이 있다고 하셨습니다. 그렇다면 제국의 수도가 있는 필리어스 지방으로 진격하게 하면 되는 거 아닙니까? 페이드 후작님께서도 오늘을 위해서 동부 방면군을 사병화했을 겁니다."

"아…… 제가 미처 그 생각을……."

루토의 목소리가 떨렸다.

해방군에서도 작전 참모라는 직위에 있으면서 비록 잠깐이었지만 뇌가 굳어서 이런 계획을 더 올리지 못했다는 것이 그의 자존심에 상처를 남기고 말았다.

"괜찮습니다. 실수는 할 수 있죠. 같은 실수만 반복하지 않으면 됩니다."

성준이 말했다.

"지금 즉시, 동부 방면군에 전달하겠습니다."

"어쩌면 페이드 후작님이 먼저 통신을 보내올지도 모르겠네요."

성준의 예상은 정확했다. 루토가 움직이기 전에 동부 방면군 사령관, 페이드 후작으로부터의 연락이 먼저 도착했다. 제국 동부 방면군은 재무장을 받아들이고 제국 수도가 있는 필리어스 지방으로 진군하겠다는 내용의 연락이었다.

모든 게 성준의 예상대로 흘러가고 있었다.

단 하나, 예외가 있다면 사절단의 일이다.

"길드장님! 사절단이 곧 도착할 겁니다."

정철이 방으로 들어오며 보고했다. 시계를 확인해 보니 어느새 오후 6시를 넘긴 시간이었다. 정철의 예상보다 조금 더 빨리 도착한 모양이었다.

"준비는?"

"모두 끝났습니다. 이계어를 할 줄 아는 인원을 우선 배치했습니다."

"잘했어. 가자."

성준은 정철과 함께 발걸음을 옮겼다. 얼마 지나지 않아서 영주성 안으로 들어오는 사절단의 모습을 볼 수 있었다. 수는

30명 정도였다. 그들의 선두에 서서 발걸음을 옮기는 남자는 성준도 알고 있는 자였다.

'엘르트 자작…….'

외교와 처세술의 달인이 왔다. 해방군의 유능한 작전 참모인 루토가 있다고는 하지만 그의 언변을 당해낼 수 있을 것이라는 생각이 들지 않았다. 이렇게 된 이상 최대한 빨리 이곳에서 떠나게 하는 게 상책이었다.

"협상을 하러 왔습니다."

협상이 시작되었다. 지옥 같은 1시간이었다. 엘르트는 생각보다 뛰어난 인물이었다. 그는 협상을 유리하게 이끌어가기 위해 최선을 다했지만 애초에 상륙군과 제국, 두 세력 모두 협상할 의사가 없다는 게 중요했다.

이제는 뻔히 보이는 시간 벌기가 시작되었다. 보다 못한 성준이 엘르트를 노려 보며 입을 열었다.

"이렇게 계속 질질 끌 생각이면 이만, 떠나는 게 좋을 겁니다."

언성을 높이며 슬며시 살기를 흘렸다.

"이런 식의 협상은 전혀 도움이 되지 않습니다."

루토도 한마디 거들었다. 부정적인 의견이 많아지자 엘르트도 더 이상 버티지 못했다. 그는 결국 사절단과 함께 리듀시아 중심 도시를 떠났다. 그렇게 모든 게 끝났을 것이라고 성준은 생각했다.

어느새 시간은 오후 11시를 넘겨 자정에 가까워지고 있었다. 성준은 가짜 협상으로 남은 생각을 정리하며 영주성 저택에 위치한 방에 누웠다.

-주군. 편히 쉬십시오. 제가 보초를 서겠습니다.

리슈발트가 말했다.

성준은 피식 웃으며 이불을 덮고 잠에 빠져들었다. 그리고 얼마나 시간이 지났을까?

-주군!

리슈발트의 경고와 함께 잠에서 깨어났다. 어디선가 기척이 느껴졌다. 정확한 위치는 알 수 없었다.

하지만 희미하게 흘러나오는 살기는 기척의 주인들이 불순한 의도를 가지고 있다는 것을 설명해 주고 있었다.

"변형!"

반지 형태의 로엘의 검이 되어 성준의 오른손에 들렸다. 그와 동시에 네 방향에서 검은 형상 넷이 벽을 뚫고 튀어나왔다.

"특무군이냐……."

4명 모두 검성급의 실력자라는 것을 어렵지 않게 알 수 있었다. 13기사회의 소속이라면 이렇게 은밀하게 움직일 수 있을 리가 없었다.

성준은 그들이 특무군 소속이라고 추정했다.

"대답할 의무는 없다."

"환영검무!"

특무군 검성의 대답을 듣기 무섭게 검을 휘두르며 외쳤다. 사방에 100개의 환영검이 흩뿌려졌다. 검성들은 현란한 움직임으로 회피하거나 검을 휘둘러 자신에게 향하는 환영검을 모조리 쳐냈다.

'제기랄! 만만한 놈들이 아니군!'

성준이 욕설을 내뱉었다.

그들은 환영검무를 회피하고 방어할 뿐만 아니라 치명적인 반격까지 펼쳤다. 순식간에 성준의 사제복이 찢어지고 붉은 피가 튀었다. 치명상은 아니었지만 움직임에 제약을 줄 정도는 되었다.

"주군!"

문이 열리고 키메라 기사, 소이드와 토벤이 달려 들어왔다. 그들은 과거 기사 여단에서도 SSS급의 실력자들이었지만 제로스에 의해 키메라로 개조되면서 검성에 가까운 존재가 되었다. 그들이 합류하자 성준도 조금의 여유가 생겼다.

"힐!"

그는 곧바로 힐을 사용해 상처를 회복했다.

"과연, 바퀴벌레 같은 생명력이구나!"

검성 하나가 키메라 기사 둘을 상대했고 다른 3명은 성준을 향해 검을 겨눴다. 그들은 성준을 향해 현란한 검술을 펼쳤다. 1초에도 100번이 넘게 오러 블레이드가 충돌하면서 마력 파편이 사방에 튀었다.

특무군의 검성들은 오러를 변형하기도 했고 고의로 잔상을 남겨 시선을 교란하는 등 고급 기술을 사용하면서 성준을 압박했다.

하지만 그는 쉽게 무너지지 않았다.

'하얀 악마의 무력이 생각보다 뛰어나다!'

'검성 3명의 합격을 막아낼 줄이야!'

'무서운 놈이다!'

합격을 펼치는 검성 3명의 속마음이었다. 그들은 생각보다 성준의 무력이 강하다는 사실에 경악했다. 같은 검성이라고 해도 이 정도일 줄은 몰랐던 것이었다.

"환영검!"

"크아악!"

특무군 검성 한 명에게 일순간 빈틈이 생겼고 성준은 놓치지 않았다. 환영검이 완성되었고 빈틈을 보였던 특무군 검성은 피를 흩뿌리며 뒤로 물러났다. 일격에 치명상을 입었다.

"뒤로 물러나서 지혈하고 합류해라! 여긴 우리가 맡겠다!"

"그렇게 놔두지 않아요."

어린 목소리와 함께 하늘에서 오러 블레이드가 비처럼 쏟아졌다.

"크아아악!"

하늘에서 오러 블레이드가 비처럼 쏟아졌고 누군가의 비명이 터져 나왔다. 성준에게 치명상을 입고 물러난 검성의 허벅지에 오러 블레이드가 꽂혀 있었다. 지혈을 하기 위해 물러나다가 기습에 당한 것이었다.

"제, 제기랄!"

그는 욕설과 함께 눈동자를 빠르게 움직여 주변을 살폈다. 그리고 곧 금발에 녹색 눈동자가 인상적인 한 명의 여기사를 발견할 수 있었다.

"거, 검성 에리나!"

그는 한눈에 알아보았다. 에리나가 해방군에 붙었다는 사실은 제국 전체에 널리 퍼질 정도로 유명했다.

"이제야 이쪽을 보시는군요."

에리나가 고속 이동술을 펼쳤다. 피투성이가 된 검성과의 거리를 일순간에 좁힌 그녀는 현란한 검술을 펼쳤다.

"큭! 크아아악!"

검을 휘둘러 방어를 시도했지만 치명상을 입은 몸으로 에리나의 공격을 모두 막아내는 건 불가능했다. 그는 짧은 공방 끝에 결국 목을 노리는 검격을 허용하고 말았고, 이내 붉은 피를 흩뿌리며 힘없이 무너졌다.

"제, 제기랄!"

"조장님! 뒤가 비었습니다!"

성준을 상대하던 기습을 지휘하는 조장은 부하가 당한 것으로도 모자라 후방에 적대적인 검성이 출현했다는 사실에 욕설을 내뱉을 수밖에 없었다.

"어딜 보는 거냐?"

에리나의 등장으로 특무군 검성 둘의 집중이 분산되었다. 성준은 날카로운 지적과 함께 매서운 공세를 펼쳤다.

"크아악!"

진검승부는 한순간의 방심이 죽음을 불러온다. 검성들의 세계에서는 그 법칙이 조금 더 냉혹하게 작용한다. 특무군 소속 검성은 집중력을 분산시킨 실수로 목에 치명상을 입고 쓰러졌다. 검을 회수하는 성준의 눈동자가 날카롭게 빛났다.

'남은 놈은 하나!'

현재 동조율은 87%였다. 특무군 소속의 검성 한 명 정도는 어렵지 않게 처치할 수 있을 정도였다.

"으아악!"

아니나 다를까, 성준이 휘두른 검이 특무군 검성의 왼팔을 잘라냈다. 그는 비명을 내지르며 뒤로 고속 이동술을 펼쳤지만 그곳에는 이미 에리나가 있었다.

"주변을 살피세요."

"제, 제기랄!"

짧은 경고, 그리고 터져 나온 욕설. 에리나가 내찌른 검은 특무군 검성의 심장을 꿰뚫었다.

"커, 커헉!"

그는 붉은 피를 토해냈다. 뒤이어 거리를 좁혀온 성준이 검을 휘둘러 그의 목을 쳤다.

머리가 힘없이 떨어지자 에리나도 검을 집어넣었다.

"무사해서 다행이에요. 강성준 경."

"덕분에 살았습니다."

에리나의 존재가 이렇게 크게 느껴진 적은 없었다. 그녀가 없었다면 3명의 검성을 상대로 전투가 길게 이어질 수밖에 없었을 것이다. 패배할 것이라는 생각은 하지 않았다. 시간이 걸릴 뿐, 승산은 충분했다.

"저쪽도 정리가 된 것 같네요."

에리나가 말했다. 그녀의 말대로 저택 쪽에서 강한 마력 반응이 하나 사라졌다. 키메라 기사, 소이드와 토벤의 협공이 특무군 검성을 죽음으로 몰아넣은 것 같았다.

"길드장님!"

저택 쪽에서 로브를 입은 한 명이 빠르게 거리를 좁혀 왔다. 한석이었다. 그 뒤로 다른 길드원들도 이곳으로 달려오고 있는 모습이 보였다.

"형님! 괜찮으십니까!"

"응. 별일 없었어."

성준이 대답했다.

"죄송합니다. 더 빨리 반응했어야 하는 건데……."

정철은 고개를 숙였다. 늦은 것에 대해 다소 죄책감을 가지는 것 같았지만 그들의 대응은 빠르다고 할 수 있었다.

실제로 검성들의 암습을 받고 3분이 지나지 않았다. 근처에 있었다고는 하지만 더 빠르게 대응하는 건 무리였다.

"아니야. 괜찮아, 일단 너희들은 루토 경과 이한규 참모장한테 가서 군을 준비시키라고 해."

"알겠습니다."

"예, 즉시 전달하겠습니다."

정철과 신철이 움직였다. 각자 루토와 한규에게 달려가고 있는 것이었다.

"황제도 급한 모양이네요. 설마 특무군 소속의 검성을 4명이나 보낼 줄은 몰랐어요."

검성의 수는 한정되어 있었다. 그들 중 4명이 또 성준에게 죽었으니, 이제 제국의 검성은 20명이 남아 있으며, 그중에서 황제파는 11명에 불과했다.

"그러게 말입니다. 사절단에 섞여 들어와서 기회를 엿보고 있었던 것 같습니다."

만약 성준이 없었다면 4명의 검성은 영주성의 지휘부를 전멸시킬 뿐만 아니라 중심 도시 내의 군 주둔지를 모조리 쓸어버렸을 터였다.

불가능해 보이지만 검성 4명은 그걸 가능하게 만드는 전력이었다.

"암살자들이 더 있을 수도 있어요. 제게 정예 병력을 지원해 주시면 주변을 수색해 볼게요."

"기꺼이 빌려 드리겠습니다."

성준은 장훈에게 말해서 S급 헌터 2명과 A급 헌터 30명을 지원해 주었다. 에리나가 수색을 위해 떠나자 성준은 검성들의 시체에서 마력을 흡수했다.

-현재 동조율은 91%입니다. 완전한 '소드 레인'의 사용이 가능해졌습니다.

리슈발트의 보고에 성준의 입가에 싸늘한 미소가 번졌다.

오크 대표, 대족장 헬로드가 어둠을 뚫고 계단을 통해 깊은 지하로 내려가고 있었다. 그의 뒤로 호위역할을 맡은 오크 부족장 둘이 보였다. 이윽고 계단이 끝이 나고 굳게 닫힌 철문이 나타났다.

"이 정도면 되었다. 너희들은 근처에서 대기하고 있거라."

"하지만 대족장님!"

"같은 종족 연합이라고는 하지만 무슨 일을 벌일지 모릅니다. 저희와 동행하시는 게……."

"별일 없을 거다. 여차하면 내 한 몸 지킬 무력은 가지고 있다."

"알겠습니다."

두 부족장이 뒤로 물러났다. 헬로드는 철문을 열고 안으로 들어갔다. 어두운 복도를 따라 걷자 또 하나의 철문이 모습을 드러냈다. 이번에는 고급스러운 문양이 각인되어 있었고 아래의 문틈으로 빛이 새어 나오고 있었다.

힘차게 문을 열자 넓은 석실이 모습을 드러냈다. 중앙의 커다란 원탁을 두고 스스로를 '이종족'이라고 부르는 이들이 앉아 있었다. 모두 헬로드가 아는 얼굴들이었다.

"쿠라에, 그리고 베그도 먼저 와 있었군."

"아직 늦지 않으셨습니다. 제 옆에 앉으시지요."

쿠라에는 자신의 옆에 앉을 것을 제안했고 베그는 말없이 고개를 끄덕였다. 그들의 건너편에는 새로운 엘프 대표 엘로아와 드워프 대표 레드비어가 앉아 있었다.

"어서오세요. 오크 파벌 여러분."

엘로아가 먼저 고개를 살짝 숙이며 인사를 건네왔다. 드워프 대표, 레드비어 역시도 예의를 갖췄기 때문에 오크 파벌의 대표들도 가만히 있을 수 없었다. 그들도 자리에서 일어나 가볍게 예의를 갖췄다.

"먼 길 오느라, 모두 고생이 많으셨습니다."

"본론부터 이야기했으면 좋겠군."

베그가 나섰다. 무례하다고 느껴질 정도의 직설이었다. 같은 종족 연합 소속이었지만 파벌이 달라서 양측은 서로 가까운 관계가 아니었다.

베그의 직설에도 불구하고 엘로아나 레드비어는 여전히 침착했다.

"나이아스가 목숨을 잃었다는 소식은 들었다. 유감이군."

헬로드가 말했다.

엘로아는 어두운 표정으로 고개를 끄덕였다.

"예, 계속 슬픔에 잠겨 있을 수만은 없더군요. 생각보다 악랄하고 사악한 계획이 진행되고 있는 증거를 저희 쪽에서 잡아냈으니까요."

"사악한 계획이라고? 그게 무슨 말이지?"

베그가 질문을 던졌다.

헬로드와 쿠라에의 시선도 엘로아와 레드비어에게 향했다. 그들은 여전히 심각한 표정이었다.

"제가 말할게요."

"그렇게 하게."

레드비어가 고개를 끄덕이자 엘로아는 차분하게 시선을 옮기며 입을 열었다.

"뱀파이어 파벌이 마족 소환을 준비하고 있는 것 같습니다."

"지금 그게 얼마나 무거운 말인지 아는 겁니까?"

쿠라에가 말했다.

아주 먼 옛날, 마족이 처음으로 소환되었을 때 오크 파벌, 특히 그중에서도 트롤령은 엄청난 피해를 입었다. 쿠라에도 직접 겪은 것은 아니었지만 선조들로부터 이야기를 많이 들었기 때문에 마족 소환이 얼마나 심각한 문제를 야기하는지 알고 있었다.

"확실한 정보인가?"

부들부들 떨고 있는 쿠라에를 대신해서 헬로드가 질문을 던졌다. 엘로아는 고개를 끄덕였다.

"뱀파이어령에서도 최고의 마도학자라고 불리는 슈타인 대공의 지휘 하에 마족 소환 술식이 연구되고 있습니다. 진행 상황으로 볼 때, 마족 소환은 얼마 남지 않을 것 같습니다."

"확실한 증거가 있는 건가?"

헬로드가 다시 물었다.

엘로아의 입가에 차가운 미소가 번졌다.

"제가 그런 거 없이 오크 파벌의 대표님들을 이 먼 곳까지 모셨을 것이라 생각하세요?"

엘로아가 손을 들어 올리자 어둠 속에서 엘프 3명이 모습을 드러냈다. 그들은 헬로드와 쿠라에, 그리고 베그의 앞에 엘프 정보국에서 수집한 보고서를 올려놓았다.

"나이아스 님께서 마지막으로 받은 엘프 정보국의 보고서입니다. 뱀파이어 측에서는 모든 증거를 처리했다고 생각하는 것 같았지만 남아 있었던 게 있었죠. 저희에게는 다행인 일입니다."

"믿을 수 없군."

"조작된 것 같지는 않습니다."

베그는 고개를 저었고 쿠라에는 냉정하게 자료를 분석했지만 조작된 흔적을 찾을 수는 없었다. 조금 더 자세히 알아봐야겠지만 지금 당장은 엘로아가 제출한 자료가 신빙성 있다고 생각할 수밖에 없었다.

"꽤 영양가 있는 정보죠? 나이아스 님께서는 이 정보를 얻고 난 직후, 뱀파이어령에 의해 암살당하셨습니다."

엘로아의 목소리에서 슬픔이 묻어 나왔다.

"역시 배후는 뱀파이어령이었군……."

베그가 혼잣말에 가까운 작은 목소리로 중얼거렸다. 왕국 연합은 제국과의 전쟁에만 관심이 있었고, 제국은 예전부터 종족 연합의 내전에 상관할 여력이 없었다.

"나이아스 님의 암살 배후에 뱀파이어령의 리블하인 대공이 연루되어 있다는 자료를 보여 드리겠습니다."

한 번 더 손을 흔들자 엘프들이 다른 자료를 가져와 오크 파벌의 대표들 앞에 올려놓았다.

자료를 읽는 대표들의 표정이 굳었다. 조작이라는 생각이 들지 않을 정도로 정교한 보고서였다.

"설마 켈트헤임 대공이 직접 암살에 나섰을 줄이야…… 이건 예상외군."

"헬로드 님. 성혈 기사단장을 맡고 있는 켈트헤임 대공이 직접 움직일 정도로 중요한 일이었다는 거죠. 그들은 나이아스 님을 암살해서 엘프령의 입을 막으려 했지만, 저희는 노력 끝에 증거를 찾아냈고 이 자리까지 왔습니다."

뱀피어령의 대공들이 가지는 이름은 무겁다. 그들은 웬만해서는 직접 움직이지 않는다.

하지만 엘로아가 제출한 자료들을 보면 벌써 슈타인과 켈트헤임이 직접 움직이고 있었다. 보통 심각한 상황이 아니었다.

"켈트헤임 대공까지 나설 정도면 정말 마족 소환이 임박했다는 것 아닌가?"

베그도 동조했다.

"어쩌면 오늘 우리가 모였다는 정보도 리블하인 대공에게 넘어갔을 수도 있습니다."

충분히 가능성 있는 이야기였다.

"지금 당장 군사를 일으켜야 하네. 안 그러면 우리가 당하게 될 것이라네."

침묵을 지키고 있던 드워프 대표, 레드비어가 말했다.

"오크 파벌 여러분, 현명한 선택을 해야 합니다. 마족 전쟁의 아픔을 다시 겪지 않기 위해서는 우리가 군을 일으킬 수밖에 없습니다."

엘로아는 강하게 주장했다.

"하지만, 그렇게 되면 종족 연합은 내전 상태가 될 겁니다."

간신히 결집한 연합이 무너진다? 쿠라에는 그것을 바라지 않았다.

하지만 엘로아의 생각은 달랐다. 그녀는 싸늘하게 식은 미소를 머금은 채 쿠라에를 향해 차가운 시선을 보냈다.

"쿠라에 님. 이미 늦었습니다. 켈트헤임 대공이 나이아스 님을 찔러 죽인 그 순간, 종족 연합의 분열은 시작되었습니다."

8장
황제를 죽여라

　리듀시아 지방을 향해 남하하던 제국군에 새로운 명령이 전달되었다.

　'포레인 지방으로 물러난 뒤, 해당 지방의 제국군과 합류하라.'

　남하하던 병력과 포레인 지방의 제국군 병력이 합류하여 50만 대군이 되었고, 제국군 사령관을 맡고 있는 렌칼 후작이 원활한 전선 지휘를 위해 합류했다. 그들은 포레인 지방에서 상륙군을 기다렸다.

　50만은 결코 적은 수가 아니었다. 상륙군만으로는 결코 감당할 수 없는 숫자였다. 그래서 연합군 병력 20만, 그리고 해방군 병력 10만과 합류하여 40만의 무장 병력을 갖추고 연합군으로 재편성, 그리고 사령관은 이례적으로 강성준과 레이아의 공동 사령관 체재가 되었다.

"사령관님. 적의 연합 병력이 포레인 지방의 경계를 넘었습니다."

"지금도 우리 측을 향해 거리를 좁혀 오고 있습니다. 마도학자들의 연구 결과에 의하면 며칠 안에 적의 장거리 공격 범위에 저희 주둔지가 포착된다고 합니다."

"요격 행동에 나서야 합니다. 적을 향해 진군해서 타격해야 합니다."

제국군 사령부 소속의 참모 장교들이 앞다투어 의견을 내놓았다.

하지만 렌칼은 고개를 저었다. 마음에 드는 의견이 없었다.

"다 틀렸다. 우리는 현 위치를 고수한다."

렌칼은 선언하듯 말했다.

"사령관님. 이대로라면 적의 포격 사정권에 들어갑니다."

"신속하게 이동하여 배후를 치는 게 적에게 큰 피해를 입힐수 있을 것으로 압니다."

참모 장교들이 반대했다.

그러나 렌칼의 생각은 변하지 않았다.

"귀관은 우리 군의 숫자가 얼마나 된다고 생각하는가?"

"50만입니다."

"50만의 군대가 신속하게 움직인다고 해서 적의 포격 조준

에서 벗어날 수 있을 거라고 생각하나……? 차라리 그 시간이
방어 마법을 효율적으로 전개해서 포격을 저지하는 게 더 낫다."

"제 생각이 짧았습니다."

의견을 내세운 참모 장교가 한 걸음 뒤로 물러나며 대답했다.

렌칼은 만족스러운 표정으로 고개를 끄덕였다.

"군을 최대한 밀집시켜라."

"하지만 그렇게 하면 포격 피해가 클 겁니다."

"분산 배치하면 방어 마법의 효율이 떨어진다. 잔말 말고 포
격 사정권에 들어가기 전에 명령을 전달해. 놈들도 포격전을 오
래 유지하지는 못할 거다. 조금만 버티면 지원군이 도착한다.
그러면 우리가 놈들을 압도할 수 있을 거다."

"알겠습니다. 즉시 전파하겠습니다."

제국군이 움직였다. 상공에서 비행 중이던 무인 정찰기가
그 모습을 모두 담아내서 연합군 사령부로 영상을 보냈다.

"보시는 대로 50만 제국군은 밀집 대형을 갖추고 있습니다."

"미사일 몇 방이면 전멸하겠군."

참모 장교의 보고에 누군가 말했다.

"하지만 미사일 공격은 힘들 겁니다. 접근하기도 전에 요격
당할 거예요. 제국군을 상대로 미사일은 교란 이상의 가치가
없는 자원 낭비입니다."

성준이 반박했다.

참모 장교들도 고개를 끄덕였다.

"보아하니 우리 측의 포격 전술에 대응하기 위해서 밀집 대형을 갖추고 있는 것 같네요."

"저도 그렇게 생각합니다. 레이아 사령관님."

재편성된 연합군의 참모장을 맡게 된 닐슨 소장이 레이아의 의견에 힘을 실었다.

"포탄…… 얼마나 있습니까?"

성준이 물었다. 시선은 여전히 모니터에 꽂혀 있었다.

"충분한 양을 보유하고 있습니다."

누군가 대답했다. 성준의 입꼬리가 호선을 그렸다.

"24시간 동안 포격을 계속하기에 충분한 양입니까?"

"물론입니다. 부대를 나누어서 교대로 포격한다면 화력은 조금 떨어지겠지만 24시간 포격도 불가능한 건 아닙니다."

"좋습니다. 그대로 진행하세요."

포병부대가 전진 배치되었다. K9 자주포의 유효 사거리는 생각보다 길다. 적들은 멀리 떨어져 있었지만, 곧 사정권에 들어올 것이다. 강직하게 위치 고수를 선택한 것은 제국군 사령부의 실수였다.

"적 병력이 주둔한 지역이 유효 사정권에 들어왔습니다."

"자주포 부대의 배치가 끝났습니다."

연락 장교를 통해 진행 상황이 상세히 보고되고 있었다. 성준은 마지막으로 자주포 부대의 배치와 무인 정찰기가 보내주고 있는 제국군 주둔지를 확인하더니, 차분한 표정으로 입을 열었다.

"포격 개시."

"포격 개시합니다!"

"각 부대에 전달! 포격 개시!"

질서 있게 정렬한 자주포 부대가 일제히 포탄을 쏘아 올렸다. 궤적을 그리며 날아간 포탄들이 제국군 주둔지에 소나기처럼 쏟아졌다. 말 그대로 포탄으로 이루어진 소나기였다.

"포격이다!"

"방어 마법을 펼쳐라!"

방어 마법이 전개되었다.

쾅! 쾅! 쾅!

쏟아지는 포탄이 마력으로 구성된 보호막을 강타하면서 연쇄적인 폭발음을 터뜨렸다.

"현재 약 30분째 포격이 진행 중입니다!"

"피해는 생각보다 크지 않습니다!"

제국군의 지휘부에서 전령들의 보고가 이어졌다.

"보아라! 내 말대로 피해를 최소화시킬 수 있지 않으냐!"

렌칼이 자신만만하게 목소리를 높였다. 이때만 해도 지휘부에 모인 모든 이들은 렌칼이 옳았다고 생각하고 있었다.

하지만.

"현재 6시간이 지난 시점에서도 포격이 계속되고 있습니다."

"적들이 멈추지 않습니다. 일부 방어 마법은 포격을 견디지 못하고 파괴되었습니다."

"아군의 피해가 기하급수적으로 늘어나고 있습니다."

"마법사들의 마력이 장기전을 버티지 못하고 있습니다! 이대로라면 1시간 안에 대부분의 방어 마법이 내구 부족으로 파괴되거나 마력 고갈로 더 이상 유지할 수 없는 상황에 직면할 것입니다!"

포격이 시작된 초반과는 달리 전령들이 부정적인 내용을 보고했다.

상황이 좋지 않았다. 렌칼은 피가 새어 나올 정도로 입술을 세게 깨물었다.

"이, 이렇게 된 이상! 공격이다! 기마대와 비룡 기사단을 먼저 내보내라! 보병은 2차로 진군한다!"

연합군 주둔지까지 거리가 멀었다. 그래서 렌칼은 그나마 기동력이 있는 병력을 우선적으로 투입할 생각이었다.

"하지만 사령관님! 보병의 지원이 없으면……"

"어쩔 수 없다! 이대로라면 다 죽는다! 이게 최선이다!"

렌칼은 자신의 계획을 밀어붙였다. 결국, 기마대와 비룡 기사단이 먼저 출격했고 뒤이어 보병 부대가 움직였다.

"적 공군 및 기동 병력의 출격이 확인되었습니다."

지휘부에 바로 보고되었다. 고고도에서 정찰기 편대가 모든 상황을 지켜보고 있었던 것이었다.

"공격 헬기 편대 출격시키고, 대공 방어 준비하세요. 그리고 자주포 부대의 화력 일부를 접근하는 기마대 차단에 사용합니다."

성준이 지시를 내렸다.

새로 편성된 연합군의 참모 장교들은 성준의 침착한 모습에 감탄했다. 그들은 성준이 군 경험이 없다고 생각하겠지만 사실 성준은 전생에 최고 기사였던 로우켈의 기억을 가지고 있었기 때문에 그 누구보다 제국군의 전략, 전술에 대해 잘 알고 있었고 덕분에 침착한 대응이 가능했다.

"알겠습니다."

"그리고 지대공 미사일도 충분히 발사하세요. 비룡 기사단의 마법사들한테 요격당하겠지만 시간 벌기 정도는 될 겁니다."

"즉시 전달하겠습니다."

군이 움직였다. 자주포 부대의 포격은 멈추지 않았다. 대기하고 있던 자주포들까지 합류해서 포격을 쏟아부었다.

50만의 대군이었고 기마대와 비룡 기사단의 병력만 해도 7만이 넘었다. 그들은 빠르게 움직였지만 K9 자주포의 사거리는 너무 길었고 연합군과 제국군 간의 거리는 너무 멀었다. 강화 마법을 받은 군마가 전력 질주했지만, 근처에 도착하는 것만 해도 꽤 오랜 시간이 걸릴 뿐만 아니라 절반 이상의 병력을 잃었다.

"적의 공중 병력이 아군의 대공 전차 사정권에 들어왔습니다!"

"대공 화망을 펼치세요. 접근하게 두면 안 됩니다. 분명 정예 병력을 운반하고 있을 겁니다. 그리고 레이아 씨는 만약의 상황에 대비해서 헌터부대를 전개해 주세요."

성준이 말했다.

레이아는 대답 대신 고개를 끄덕였다. 그러고는 옆에 있는 부관에게 이것저것 명령을 내리기 시작했다.

"적 기동 병력이 합류했습니다! 공중 병력이 방공망을 뚫었습니다."

"공중에서 대규모 병력이 강하 중!"

비룡 기사단이 정예 병력을 여기까지 수송한 모양이었다. 성준의 예상대로였다. 제국군 사령관을 맡고 있는 렌칼 후작이 조금은 머리를 굴린 것이다.

"요격하겠습니다!"

대공 전차와 대공포가 쉬지 않고 포화를 토해냈다. 강하 중인 정예 병력 일부는 총탄에 벌집이 되어 허공에 피를 흩뿌렸지만, 대부분이 무사히 착지하고는 무기를 뽑아 들었다.

"소, 소대장님……."

"갈겨!"

일반 군인들이 제국의 정예 병력을 상대할 수 있을 리가 없었다. 곳곳에서 비명 소리가 터져 나왔다.

레이아가 헌터부대를 분산 배치해 두지 않았다면 더 심각한 상황에 직면했을 것이다.

주둔지에 침투한 정예 병력을 차근차근 소탕하고 있다고 생각한 순간이었다.

"13번 구역에 주둔 중인 병력이 빠른 속도로 무너지고 있습니다!"

"긴급히 투입한 2개 중대 병력과 헌터 30명이 전멸! 현재 S급 헌터 2명이 해방군의 정예 병력과 함께 저지하고 있지만 얼마 버티지 못할 것 같습니다!"

부정적인 보고가 잇따랐다.

"루토 경. 이거 아무래도……."

성준의 시선이 해방군 작전 참모인 루토에게 향했다. 불길한 예감이 들었다.

"네, 강성준 경이 생각하고 있는 상황인 것 같습니다. 아무래도 '검성'이 강하한 것 같군요."

"몇 명이라고 생각하십니까?"

"정확한 숫자는 파악하기 힘들지만, 왕국 연합도 상대해야 하는 현 제국의 사정으로 볼 때 이 전투에 투입된 검성의 수는 많아도 두 명을 넘지 않을 겁니다."

루토가 조심스럽게 예측했다.

성준은 고개를 끄덕이며 레이아를 향해 시선을 보냈다.

"레이아. 지휘를 부탁합니다. 닐슨 참모장과 이한규 작전 참모가 알아서 할 거니까, 어렵지는 않을 겁니다. 그리고 에리나 경께서는 저와 함께 가주시죠."

혹여, 루토의 예상이 틀리고 3명 이상의 검성이 있다면 혼자서는 조금 곤란하다. 패배하지 않을 자신은 있지만, 승전까지 시간이 꽤 걸릴 것이다. 지휘통제실을 오래 비워둘 생각은 없었다.

"어려운 일은 아닙니다. 강성준 경."

성준이 먼저 지휘통제실을 떠났고 에리나도 흔쾌히 따라나섰다. 그들은 곧바로 13번 구역으로 이동했다. 그리고 그들의 앞에 검성이 모습을 드러냈다.

"한 명인가……."

성준은 검을 들어 올렸다. 눈앞의 검성이 어느 정도의 경지에 오른 상태인지는 알 수 없었지만, 일단은 수가 많지 않아서 다행이라고 생각했다.

"환영한다. 하얀 악마. 나는 위대한 제국의 자랑스러운 검성!

라디브다!"

정확한 소속을 말하지 않는 걸로 보아, 특무군이나 13기사회의 소속은 아닌 것 같았다.

"하얀 악마…… 네놈과 검을 마주하기를 기다리고 있었다. 네놈만 처리하면 제국에서 나의 위치는 더 높아질 터! 와라! 와서 내 출세의 밑거름이 되어라!"

"바보 같은 놈……."

성준은 고개를 저으며 검을 들어 올렸다.

에리나는 이미 마력을 끌어 올리고 있었다.

그리고 전투가 시작되었다.

검과 검이 충돌했다. 에리나 역시 가세했다. 그럼에도 쉽게 승부를 내지 못할 정도로 라디브의 실력은 우수했다. 하지만 뛰어난 검성 둘을 상대로 승리를 거둘 정도는 아니었다.

"환영검."

"연검."

공방 도중에 라디브가 보인 빈틈을 성준과 에리나는 놓치지 않았다. 두 검성은 라디브를 향해 치명적인 응용 검술을 펼쳤다.

"큭!"

라디브의 왼팔이 잘려 나갔다.

하지만 그는 짧은 신음만 내뱉을 뿐, 자세를 흐트러뜨리지 않고 곧바로 반격을 가했다.

"앱솔루트 실드!"

검을 회수하기엔 늦었다. 회피도 무리.

결국 '정의로운 방패'를 사용했다. 무색의 보호막이 라디브의 검으로부터 성준을 지켰다.

"연검."

"제기랄!"

성준 혼자였다면 일순간이지만 기동력을 상실했으니, 위험한 상황이었다.

하지만 에리나가 옆에 있었다. 그녀는 한 번 더 응용 검술을 펼쳤다.

라디브는 황급히 검을 회수하여 에리나의 응용 검술을 방어했지만 유감스럽게도 성준의 존재를 잊고 말았다.

"참검."

같은 참검이 아니면 상쇄하는 건 불가능. 하지만 참검을 사용하기에는 왼팔을 잃은 상태라서 힘들었다. 피하는 것도 한발 늦었다.

"크악!"

차원마저 찢어놓는 절대적인 참격이 라디브를 두 갈래로 쪼갰다. 시체는 힘없이 무너졌고 붉은 피가 작은 웅덩이를 만들었다.

"흡수."

-동조율 92%입니다.

상대가 검성이라서 그런지 동조율의 상승이 빨랐다.

"상황 종료."

-수고하셨습니다.

무전기에 대고 보고하자 정철의 목소리가 흘러나왔다.

검성을 처리했으니 이제 13구역의 혼란 요소는 사라졌다. 성준은 만족스러운 표정을 지으며 에리나를 향해 시선을 옮겼다.

"저는 지휘통제실로 돌아가겠습니다. 에리나 경께는 산책을 나온 김에 주변 정리를 부탁드려도 되겠습니까?"

"어려운 일은 아니에요. 맡겨주세요."

정철과 루토의 보고에 의하면 주둔지에 침투한 검성은 더 없는 것 같았다. 그리고 더 있을 수도 없었다. 국력을 총동원한 왕국 연합과의 전선이 생각보다 부담스러운 탓에 이번 전투에서 동원할 수 있는 검성의 수는 한정되어 있었다.

아무튼, 에리나가 본격적으로 나섰으니, 주둔지는 안정화될 것이다. 비룡들에서 정예 병력이 계속 강화되고 있었지만, 연합군 지휘통제실에서도 계속해서 중요한 구역에 헌터와 해방군 특수부대를 배치하고 있는 상황이었다.

"상황은 어떻습니까?"

지휘통제실로 복귀한 성준은 닐슨 참모장을 보며 질문을 던졌다.

"전황이 안정되었습니다. 헌터부대와 해방군 특수부대가 침착하게 대응하고 있는 덕분에 방공망을 되찾았습니다. 현재는 강하 중인 정예 병력 대부분을 공중에서 요격 처리하고 있습니다."

방공망이 회복되자 비룡 기사단은 더 이상 연합군 주둔지 상공에서 버티지 못했다. 전멸에 가까운 피해를 입고 와해되었다. 비룡 기사단이 강력하다고는 하지만 보병 등 다른 지상 병력의 지원도 없는 상황에서 연합군 주둔지를 공격하는 건 한계가 있었다. 뒤이어 도착한 기마대도 전멸했다. 각 부대 간의 연계가 제대로 이뤄지지 않으니 당연한 결과였다.

"적 기동 병력이 전멸했습니다."

"좋습니다. 포격전은 계속 진행하세요. 포탄 아끼지 말고 전부 쏟아부어요."

쉬지 않고 포격을 퍼부었다. 마법사들의 방어 마법도 한계가 있었고 3시간의 시간이 더 지나자 제국군은 포격으로부터 직접적인 피해를 받게 되었다. 그들이 완전히 전멸할 때까지 3시간이 걸리지 않았고, 제국군에 비하면 극히 적은 피해로 방해를 처리한 연합군은 한 차례의 보급을 받은 뒤, 포레인 중심 도시를 점령했다.

황궁의 대회의실 가장 상석되는 자리에 황제가 앉아 있었다. 그리고 직선으로 쭉 뻗은 탁자의 양옆에 황제의 측근들이 앉아 있었다.

"전투가 시작되었다는 보고를 한참 전에 받은 것 같은데? 지금쯤이면 결과를 보고해 줄 때도 되지 않았나? 너무 조용하군."

황제가 근엄한 얼굴로 말했다.

대회의실에 모인 측근들은 저마다 불안한 시선을 교환하며 책임을 떠넘기기에 바빴다. 보다 못한 아레스 백작이 짧은 한숨과 함께 의자에서 일어나며 입을 열었다.

"현재 전선과 연락이 끊긴 상태입니다. 아마 전투로 인한 통신 혼선 때문으로 추측됩니다. 상황이 정리되는 대로 제국군 사령관께서 마법 통신을 보내올 겁니다."

"그래도 안심할 수는 없군. 특무군 사령관은 즉시, 정찰대를 보내서 상황을 파악하라."

"알겠습니다. 황제 폐하. 1시간 거리에서 비룡 기사단 분견대가 있으니 그들에게 정찰 명령을 하달하겠습니다."

명령이 전달되었다.

"이제 기다려야겠군."

렌칼이 연락을 해오던지, 아니면 비룡 기사단 분견대의 정찰 보고가 먼저 도착할 것인지…… 결과는 알 수 없지만, 공통점은 시간이 해결해 준다는 것이었다.

그리고 얼마나 시간이 흘렀을까?

대회의장 문이 열리고 특무군 제복을 입은 장교가 조심스럽게 걸어 들어왔다. 그는 아레스의 뒤에서 발걸음을 멈췄다. 그리고 그에게만 들릴 정도의 작은 목소리로 어떤 내용을 보고했다.

"좋지 않군."

보고가 끝나고 특무군 장교는 대회의장에서 물러났고 특무군 사령관, 아레스 백작은 굳은 얼굴로 혼잣말을 내뱉었다. 아무에게도 들리지 않을 정도의 작은 목소리였고 복잡한 심경이 그대로 묻어 나왔다.

이윽고 그는 자신이 충성을 맹세한 황제를 향해 시선을 옮겼다.

"전선의 일인가?"

"그렇습니다. 황제 폐하."

"보고하라."

황제의 말에 아레스의 눈동자가 흔들리는 모습을 볼 수 있었다. 조금 전에 특무군 장교로부터 보고 받은 내용이 결코 긍정적이지 않았기 때문이었다.

"황제 폐하……."

"나는 괜찮으니, 특무군 사령관은 어서 보고하라."

"포레인 지방에 전개한 제국군이 전멸한 것 같습니다. 제국군 사령관 렌칼 후작의 생사는 분명하지 않습니다."

좋지 않은 소식이었다. 대회의장에 모여 있는 황제과 측근들의 시선이 아레스에게 집중되었다. 황제의 앞이었기 때문에 동요하는 기색을 드러내지는 않았지만 모두 경악한 게 분명했다.

"연합군의 피해는 아군에 비해 경미합니다. 현재 포레인 중심 도시를 향해 진군 중입니다."

"저지할 수 있는 수단은 없는 겁니까?"

어떤 귀족이 감히 황제의 앞임에도 불구하고 아레스를 향해 질문을 던졌지만, 그 누구도 제지하지 않았다. 궁금했기 때문이다.

아레스는 바로 대답하는 대신 황제를 향해 조심스럽게 시선을 보냈다. 황제는 대답 대신 고개를 끄덕였다. 대답해도 된다는 허락을 받아낸 아레스는 질문한 귀족을 향해 고개를 돌렸다. 그리고 침통한 표정으로 입을 열었다.

"유감스러운 일이지만 제국군 사령관께서 지휘했던 군에는 포레인 지방군도 있었습니다. 지금 중심 도시에는 치안 유지를 위해 남은 소수의 무장 병력이 전부입니다."

아레스가 굳이 설명하지 않았지만, 그들은 검성이 둘이나 포함된 군대를 상대로 포레인 중심 도시를 오래 지키지 못할 것이 분명했다.

"페이드 후작의 동부 방면군은 언제 도착하는 건가?"

황제가 물었다. 다른 방면군이 움직일 수 없는 현 상황에서 페이드 후작의 동부 방면군은 전쟁의 승패를 결정지을 수 있는 최후의 도박이었다.

"그러고 보니 오늘 아침에 정기 보고를 올리기로 했는데, 통신이 누락되기라도 한 것인지 연락이 없었던 걸로 알고 있습니다."

"특무군 사령관도 정확히 파악하고 있지 않은 건가?"

"송구스럽지만 그렇습니다. 동부 방면군은 제국군 사령부 관할이기 때문에 렌칼 후작께서 그들의 진군을 직접 관여하고 계셨습니다."

그나마 지금 이 정보도 렌칼이 생사불명이 된 직후, 아레스가 부랴부랴 제국군 사령부에 동부 방면군의 진군 상황을 확인해서 알고 있는 것이었다.

"정찰총국에서 긴급 전언입니다!"

"들어오라."

다급함이 묻어 나오는 빠른 템포의 노크 소리와 함께 입실을 청하는 목소리가 들려왔다.

황제가 조용히 고개를 끄덕이며 허락하자 문이 열리고 정찰총국의 제복을 입은 고위 장교가 황급히 걸어 들어왔다.

"만약의 상황에 대비하여 동부 방면군의 이동을 주시하고 있던 척후대에서 긴급 보고를 올렸습니다."

고위 장교의 말에 황제는 물론이고 그의 측근들까지 눈동자가 떨리는 것을 숨기지 못했다.

설마 했던 일이 터졌을까?

불안감을 가득 담은 시선이 정찰총국 고위 장교에게 집중되었다.

"어서 보고하라."

"포레인 지방을 향하고 있던 동부 방면군의 선두가 필리어스 지방, 그것도 저희 수도가 있는 방향으로 말머리를 돌렸습니다!"

모두가 충격에 빠졌다. 설마 페이드 후작이 이런 상황에서 칼을 뽑아 들 줄은 몰랐던 것이다.

"동부 방면군의 장교들과 병력이 모두 찬동했다는 것이오?"

누군가 질문을 던졌다.

고위 장교는 대답을 위해 천천히 입을 열었다.

"방금 전에 입수한 정보에 의하면 대부분의 지휘관들이 찬동한 것 같습니다. 페이드 후작을 따르지 않은 소수의 지휘관들은 모두 처형당했다고 합니다!"

"아무래도 오래전부터 동부 방면군의 사병화 계획을 진행해온 것 같군."

"그렇습니다. 특무군 사령관님. 약 10년 이상의 시간을 투자한 것으로 보입니다."

고위 장교의 보고에 황제는 피가 새어 나올 정도로 입술을 잘근잘근 씹었다.

'속았다.'

페이드 후작의 처세술에 속은 것이다.

그동안 그는 황제에게 충실한 신하를 연기해 왔다. 황제는 물론이고 모두가 속았다.

"그렇다면 무장한 70만의 새로운 반란 병력이 수도로 진군 중이라는 말이 되겠군요."

정찰총국 사령관이 말했다.

특무군 사령관이 고개를 끄덕이며 입을 열었다.

"그렇습니다. 상황이 좋지 않습니다. 이미 수도가 있는 필리어스 지방과 상당히 가까운 상태이기 때문에 북부 방면군을 뒤로 뺀다고 해도 늦을 겁니다."

"북부 방면군을 뒤로 빼는 것도 쉽지 않을 겁니다. 왕국 연합도 이 상황을 인식한 것인지 모든 병력을 총동원하여 국경을 공격하고 있습니다. 북부 방면군 병력을 뒤로 빼는 건 위험합니다."

왕국 연합도 바보는 아니었으니 지금이 기회라는 사실을 알고 있을 것이다. 병력을 총동원하는 것은 당연했다.

"지금 당장 수도를 방어할 수 있는 병력을 얼마나 되는 건가?"

"현재까지 집결한 제국군 20만에 수도 방위군 10만입니다."

아레스의 보고에 황제를 제외한 모두가 고개를 숙였다. 절망적이었다. 수도 방위군의 장비와 훈련 상태가 좋다고는 하지만 여전히 40만을 유지 중인 연합군과 70만의 동부 방면군을 모두 상대하는 건 힘들었다.

"동부 방면군은 언제쯤 도착한 것 같나?"

황제가 물었다.

"4일 안에 필리어스 지방의 경계를 넘을 것 같습니다. 그리고 연합군도 곧 경계를 넘어 수도로 진군해 올 것으로 예상됩니다."

이제는 절망을 넘어서 끔찍한 소식이었다.

"민병들을 준비하라. 무기를 들 수 있는 이들을 전원 무장시켜서 성벽에 세워라."

결국, 황제가 무리수를 뒀다.

"상황이 좋지 않습니다. 리블하인 대공."

집무실 구석의 어둠에서 모습을 드러낸 이는 성혈 기사단장 켈트헤임이었다. 그는 짧은 한숨을 내뱉으며 창가로 발걸음을 옮겼다.

리블하인은 창가에 기대어 술을 마시고 있었다.

"저도 알고 있습니다. 켈트헤임 대공."

리블하인의 목소리에서 희미한 살기가 묻어 나오자 켈트헤임은 고개를 숙였다.

"죄송합니다."

"아닙니다. 우리도 완벽하지는 않습니다. 뱀파이어도 실수를 할 수 있는 것이지요. 나이아스 암살 때 증거를 실수로 남겼을 수도 있습니다. 슈타인 대공의 마족 소환 계획이 유출되었을 때 제대로 처리하지 못했을 수도 있습니다. 물론 누구나 실수는 하는 겁니다."

"죄송합니다. 리블하인 대공……."

"하지만 가능하면 이런 중요한 일에서는 실수를 하면 안 되는 겁니다. 켈트헤임 대공."

켈트헤임은 입술을 살짝 깨물었다. 입술에서 새어 나온 피가 창백한 피부를 타고 흘러내렸다.

"반란군은 제가 반드시 제압하겠습니다."

"슈타인 대공은 어디에 있습니까?"

"제2군단과 제11군단, 그리고 제12군단을 이끌고 엘프 파벌의 군대를 상대하고 있습니다."

"오크 파벌의 군대는 어디에 있습니까?"

"죄송합니다. 제 직속 부관이 이끄는 제3군단과 제10군단이 패주하는 바람에 수도까지 향하는 길이 열렸습니다. 라켈 공작이 제4군단과 제5군단을 지휘하여 새로운 방어선을 구축하고 있습니다."

상황이 좋지 않았다. 리블하인은 창밖을 향하던 시선을 거두며 술잔을 비웠다.

"용족령과 다크엘프령의 군대는?"

"다크엘프령에서 군대가 출발했지만 언제 도착할지 알 수 없습니다. 용족령이 배반의 깃발을 들고 다크엘프령의 지원군을 가로막고 있습니다."

용족들은 마족과 사이가 좋지 않았다. 그래서 비밀로 했던 것이었다.

그러나, 엘프 대표에 의해 모든 것이 까발려졌으니, 그들이 반기를 드는 것은 당연했다.

사실상 현재 뱀파이어령은 엘프령, 드워프령, 오크령, 오우거령, 트롤령, 용족령을 단독으로 상대하고 있는 것과 다름없었다. 뱀파이어령의 군대가 연합 내에서 가장 강력하고 대규모 상륙작전에서 병력을 빼돌렸다고는 하지만 종족 연합의 전체를 상대한다면 밀릴 수밖에 없었다. 지금까지 버틴 것만 해도 대단했다.

"상황이 좋지 않군요."

리블하인이 말했다. 표정은 평온했지만 마음속은 휘몰아치는 폭풍에 동요하고 있을 게 분명했다.

켈트헤임은 그것을 느낄 수 있었고 죄책감에 고개를 숙였다. 이 상황이 초래된 것에 대해 그의 책임이 없지는 않았기 때문이었다.

"마족 소환 계획은 계속 진행할 수 없겠군요."

"슈타인 대공도 불가능하다고 말했습니다. 죄송합니다."

마족의 군대는 강력하다. 그들을 부를 수만 있으면 엘프 파벌과 오크 파벌의 군대를 전멸시킬 수 있다고 생각했지만 유감스럽게도 그럴 상황이 아니었다.

"아쉽게도 이번 전쟁은 우리의 패배인 것 같습니다."

"큭……."

"슬퍼하지 마십시오. 종족 연합이라고 해도 뱀파이어를 몰살하지는 않을 겁니다. 비록 오늘은 우리가 패배했지만."

술잔이 다시 채워졌다.

리블하인의 눈동자가 흔들렸다. 인정하기 싫지만, 이번 내전에서는 뱀파이어령이 패배한 것이다. 밀려 들어오는 엘프 파벌과 오크 파벌의 군대를 막을 방법이 없었다.

"우리의 후손들이 언젠가는 과거의 영광을 재현해 줄 겁니다."

리블하인은 굳게 믿었다.

수도는 크고 넓다. 수도 방위군 10만과 필리어스 지방에 집결한 20만 제국군을 모두 수용할 수 있을 정도였다. 전선 지휘는 전사한 제국군 사령관 렌칼 후작을 대신하여 특무군 사령관 아레스 백작이 맡게 되었다.

그는 바보가 아니었다. 지금까지 연합군과의 전투가 어떻게 진행되었는지 파악하고 있었다. 수도 방위군과 제국군은 수도 안에서 수성을 준비했고 성벽 위에는 황명을 받아 무장한 민병대가 자리 잡았다.

-연합군이 도시에 대한 포격을 지양하고 있다는 걸 알아챈 모양입니다. 민병까지 무장시키다니…… 아마 이건 황명일 겁니다.

리슈발트가 말했다.

성준은 보초탑에서 마정석 기술이 들어간 쌍안경으로 수도 외성벽을 살피고 있었다.

"민병대를 방패로 세우는 건 예상했어."

-해결 방안도 있으십니까?

"지금까지 했던 것처럼, 성문을 돌파한다."

-가능하겠습니까? 수도의 성문을 여는 건 쉽지 않을 겁니다.

"리슈발트. 나도 기사 여단의 최고 기사 출신이었어. 수도의 방어 체계 정도는 알고 있다고."

성준의 목소리에서 자신감이 넘쳤다.

-오전에 루토 경이 말한 내부의 조력자를 믿는 겁니까?

아침에 루토와 만나서 짧은 티타임을 가졌었다. 그때 루토는 수도에 강력한 조력자가 있다는 사실을 넌지시 밝혔다.

"30분 후에 페이드 후작, 그리고 루토 경이랑 만나기로 했어. 그때 확실해지겠지."

-성문을 지키고 있는 병력이 많습니다. 내부 조력자의 무력이 어느 정도인지는 모르겠지만 빠르게 성문을 열고 병력이 접근할 때까지 수비하려면 최소 검성급 2명이 있어야 합니다. 전시 상황이 되면 13기사회의 검성들이 성문을 지킨다는 걸 알고 계시지 않습니까?

성문은 중요한 곳이다. 그래서 전시가 되면 수도의 외성문 4곳은 13기사회 소속 검성의 수호를 받게 된다.

"왕국 연합과의 전선 때문에 수도에 남아 있는 검성의 수가 많지는 않을 거다."

쉽게 예상할 수 있었다. 그나마 왕국 연합과의 전선으로 이동하지 않은 검성들은 대부분 성준과 에리나에게 당했거나 남부 방면군을 지원하여 해방군과 싸우고 있는 상황이었다. 그리고 그들은 대부분 중립을 지키는 검성들이었다.

-확실히…… 그렇겠군요.

"슬슬 시간이 됐네. 가야겠다."

성준은 보초탑을 떠나 개인 막사로 발걸음을 옮겼다. 페이드 후작과 루토가 성준의 막사까지 오기로 약속이 되어 있었다. 아니나 다를까 막사에 도착하니 근처에서 기다리고 있는 두 명의 모습을 볼 수 있었다.

"반갑네. 연합군 사령관."

페이드 후작이 먼저 인사를 건네 왔다. 전생의 기억을 가지고 있다고는 하지만 강성준으로 직접 만나는 건 처음이었다.

"동부 방면군 사령관님이라고 들었습니다. 루토 경에게서 이야기 많이 들었습니다."

"그런가? 루토 경이 좋은 이야기만 해줬다면 좋겠군."

"모두 칭찬 일색이었습니다. 일단 안으로 들어가시죠."

성준과 두 사람이 막사 안으로 들어갔다.

"서론은 접어두고 본론부터 말하겠네. 수도 안에는 황실 친위대장과 최고 기사를 포함해 7명의 검성이 있다네. 그들 중 4명은 수도 방어 계획에 따라 4개의 성문 수호를 시작했다네."

페이드의 말에 성준은 눈살을 찌푸렸다.

"왜 그러는가?"

"생각보다 수도 안에 있는 검성의 수가 많아서요."

"걱정하지 말게. 1명은 우리 조력자니까."

들던 중 반가운 소리였다. 검성이 조력자일 줄은 예상하지 못했다. 그렇게 되면 수도 안의 황제파 검성의 수는 6명으로 줄어든다.

연합군과 해방군의 검성 전력은 조력자와 동부 방면군의 검성을 포함하여 4명이 된다. 조금 불리하지만, 키메라 기사들이 합류하면 어느 정도 밀어붙일 수 있을 것 같았다. 게다가 상황이 불리해지면 동조율 초월이라는 극단적인 방법도 있었다.

"혹시 조력자분이 성문을……."

"13기사회 소속이 아니라서 성문의 수호를 맡지 못했다네. 하지만 쪽문 정도라면 열어줄 수 있을 것이야."

수도에는 작은 쪽문이 몇 개 있었다. 이곳도 엄중한 관리를 받기는 하지만 검성급의 조력자라면 능히 열어줄 수 있을 것이다.

"쪽문을 통해 강성준 경과 에리나 경이 침투해 주었으면 좋겠군. 그리고 남문을 제압하여 개방하면 해방군 기마대가 침투할 것이네."

"연합군의 기동 병력도 지원하겠습니다."

성준이 말했다. 연합군도 가만히 있을 수는 없었다. 아무래도 이번에는 대규모 시가전을 피할 수 없을 것 같았다.

"결행은 언제입니까?"

"빠를수록 좋지 않겠는가?"

"이미 군은 준비되어 있습니다. 에리나 경께 전달하는 대로 실행하도록 하죠."

"그러면 오늘 밤인가?"

"아마도 그렇게 될 것 같습니다."

계획이 완성되었다. 페이드 후작과 루토는 해방군으로 돌아갔다.

해가 지고 어둠이 하늘을 뒤덮자 성준은 에리나, 그리고 키메라 기사 둘과 함께 은밀하게 남문 근처의 쪽문으로 발걸음을 옮겼다.

"얼마나 기다려야 할까요?"

에리나가 물었다.

성준은 시계를 확인했다.

"30분 남았습니다. 조금만 기다려보죠."

"네, 알겠어요."

에리나가 고개를 끄덕였다.

키메라 기사인 소이드와 토벤이 주변을 경계하는 동안 침묵 속에서 30분의 시간이 흘렀다. 그리고 쪽문이 열리면서 검은 후드를 깊게 눌러쓴 남자가 걸어 나왔다.

"들어오시죠."

후드로 얼굴을 가리고 있었지만 성준은 그가 누군지 알 수 있었다. 마력 파장이 너무나 익숙했기 때문이었다.

-리펄스 자작이군요. 제 예상이 틀리지 않다면 알론스 백작도 조력에 가담했을 겁니다.

리펄스는 알론스의 충직한 호위였다. 그가 독단적으로 움직였을 리는 없었다. 그의 주군인 알론스가 지시를 내렸을 게 분명하다고 생각했다. 성준은 에리나와 시선을 교환했다.

그녀도 눈앞에 있는 남자가 리펄스라는 걸 알아챈 모양이었다. 두 사람과 키메리 기사 둘은 리펄스를 따라 수도로 진입했다.

'수도는 오랜만이네.'

입가에 미소가 번지는 것을 주체할 수 없었다. 오랜만에 수도를 방문해서 기쁘다는 게 아니었다. 황제를 죽이는 게 가까워졌다는 사실에 기뻐서 춤을 추고 싶은 심정이었다.

"이제 곧 남문입니다. 주변에 무장 병력 2천이 주둔 중입니다. 전투가 시작되면 그들이 움직일 겁니다."

리펄스가 말했다. 그는 계속 수도에 있었기 때문에 내부 사정을 잘 알고 있었다.

"증원을 차단해 줄 수 있겠습니까?"

성준이 말했다.

그러자 리펄스는 후드를 슬쩍 벗어 넘기며 입을 열었다.

"어려운 일은 아닙니다. 최대한 저지해 보겠습니다."

"부탁드리겠습니다. 에리나 경. 저희도 이동하죠."

리펄스는 입가에 희미한 미소를 머금은 채 대답했다. 성준은 그를 보며 고개를 끄덕인 뒤, 에리나와 함께 남문으로 향했다. 소이드와 토벤이 마지막으로 뒤따랐다.

"저기 검성이 보이는군요."

로우켈이 죽고 새로 뽑힌 검성인지 모르는 얼굴이었다. 13기사회의 휘장을 갑옷에 달고 있었고 허리에는 두 개의 검이 걸려 있었다.

"제가 소드 레인을 사용해서 주변을 제압하면서 검성을 견제하겠습니다."

"저도 원호하겠습니다."

동조율 92%가 되면서 소드 레인의 사용이 가능해진 성준이었다. 그는 에리나의 말에 답하며 검을 뽑아 들었다.

"소드 레인!"

"소드 레인."

동시에 응용 검술이 완성되었다. 하늘에서 오러 블레이드가 비처럼 쏟아졌다.

"크아아악!"

"으아아악!"

남문을 지키고 있던 기사들이 힘없이 쓰러졌다.

"역시 검성인가?"

검성은 멀쩡했다. 갑작스러운 기습이었지만 그는 자신을 노리는 오러 블레이드를 모두 방어했다.

"소이드, 그리고 토벤."

"하명하십시오."

"경청하고 있습니다."

키메라 기사 둘도 검을 뽑은 상태였다. 그들에게 맡길 임무는 정해져 있었다.

"잡졸들을 처리해라."

"이행하겠습니다."

"명을 받들겠습니다."

키메라 기사들이 움직였다.

"갈까요?"

"기쁜 마음으로 함께할게요. 강성준 경."

두 사람의 검에 선명한 오러 블레이드가 깃들었다.

"와라! 배신자들이여! 황제 폐하의 이름으로 너희를 처단하겠다!"

13기사회의 검성이 검을 휘두르며 외쳤다. 그를 향해 성준은 싸늘한 시선을 던졌다.

"배신자는 내가 아니야."

고속 이동술을 펼치자 검성은 검을 들어 올려 방어 자세를 취했으나, 한발 늦었다.

"커헉!"

검성이 비명을 내지르며 뒤로 물러났다. 일격에 피를 보고 말았다.

"너 같은 배신자한테는 1분도 아깝다."

검성의 경지에 오른 지 얼마 안 된 병아리인지 허무하게 목숨을 잃었다.

"흡수."

싸늘하게 식어가기 시작하는 검성의 시체에서 체력과 마력을 흡수했다.

-동조율 93%입니다.

병아리라고는 하지만 검성이라서 그런지 동조율이 1%나 올랐다. 성준은 만족스러운 표정으로 고개를 끄덕였다.

"이제 정리된 것 같네요."

"성문을 열어도 될 것 같습니다."

검성과 함께 성문을 지키고 있던 다른 기사들도 쓰러져 피를 흘리고 있었다. 키메라 기사들이 처리한 것이었다. 성준은 에리나의 말에 고개를 끄덕이며 대답했다. 그리고 소이드와 토벤을 향해 성문을 열라는 수신호를 보냈다.

리펠스가 증원을 차단하는 동안 연합군과 해방군의 병력이 진입해야만 했다.

성준은 붉은 신호탄을 하늘로 쏘아 올렸다. 어차피 대규모 병력은 은밀하게 이동하는 게 힘들었다.

"시, 신호탄?"

"적들이 움직이고 있습니다!"

"남문이 열렸습니다! 속히 증원 병력을 보내야 합니다!"

남문 주변의 성벽이 소란스러워졌다.

"주변 정리해라."

성준은 직접 움직이는 대신 소이드와 토벤에게 지시를 내렸다. 두 키메라 기사는 푸른 오러가 깃든 검을 휘둘러 성벽을 정리했다.

연합군의 기동부대와 해방군의 기마대가 도착할 때 즈음에는 남문 근처 성벽의 민병대는 모두 도망친 뒤였다. 키메라 기사들이 장교들과 독전 부대를 처리하자 민병들은 무기를 버리고 도망치는 걸 선택했다. 현명한 판단이었다.

"해방군입니다! 민병대는 무기를 버리고 투항하십시오! 저항하지 않고 항복한다면 해방군의 이름으로 보호를 약속하겠습니다!"

루토의 목소리가 울려 퍼졌다. 확성 마법이었다. 다른 이들의 목소리도 섞여 들리는 걸 보아 기마대와 동행한 마법사들이 민병대의 사기를 깎고 있는 듯했다.

루토의 계책은 생각보다 효과가 좋았다. 자발적으로 무기를 든 민병은 거의 없었다.

뒤이어 기마대와 함께 이동한 정예 병력이 장교들과 독전 부대를 추가로 정리하자 민병대의 9할이 무기를 버리고 항복하거나 도망쳤다.

"강성준 경! 그리고 에리나 경! 말을 준비해 왔습니다!"

말을 탄 루토가 다가왔다. 그의 옆에 안장을 얹은 말 2마리가 있었다.

"말은 필요 없습니다."

"저도요."

검성은 인간의 한계를 초월한 존재다. 평소에는 체력을 아끼기 위해 말을 타고 이동해도 되지만 전투 상황에서는 오히려 방해되는 경우도 있었다. 기동력 면에서도 굳이 말을 탈 필요가 없기는 했다.

연합군 기동부대와 해방군 기마대는 선봉대에 불과했다. 수십 만에 이르는 주력군이 활짝 열려 있는 남문을 향해 무서운 속도로 진군해 오고 있었다.

"제7기마대와 제8기마대는 본군이 도착할 때까지 남문을 사수하라."

"예! 최선을 다하겠습니다!"

"제국에 자유의 영광을!"

루토의 명령에 따라 제7기마대와 제8기마대를 남겨둔 채 남은 병력은 페이드 후작과 함께 황성을 향해 진군했다. 수도에 남아 있는 수도 방위군과 제국군이 결사항전의 각오로 막아섰지만 검성 4명의 돌파력은 그들의 힘으로 막을 수 있는 게 아니었다.

성준, 에리나, 리펄스, 그리고 동부 방면군의 이름이 기억나지 않는 검성까지!

그들은 황성을 향한 질주를 멈추지 않았다.

"마, 막아라! 아군의 검성님들이 집결하기 전까지 버텨야 한다!"

서문과 동문, 그리고 북문을 수호하고 있던 검성들이 황급히 움직였지만, 수도는 넓었다. 그들이 황성에 집결하려면 시간이 꽤 걸릴 것이다.

"전진하라! 제국에 자유의 영광을!"

페이드 후작이 목이 터져라 외쳤다. 그동안 조용히 살아왔던 울분을 모두 토해낼 듯한 외침이었다.

"황제 폐하! 피하셔야 합니다!"

황성 내부에 있는 황궁에서는 황실 친위대장이 황제를 향해 도망을 종용하고 있었다.

"동문과 서문, 그리고 북문을 수호하고 있던 검성들이 집결할 때까지 황성이 뚫리지 않을 것이란 확신이 없습니다."

"리펄스 자작은 어디 있나?"

"알론스 백작과 함께 모습을 감췄습니다. 배신한 것 같습니다. 어서 수도를 떠나야 합니다!"

"퇴로는 확보되었나?"

황제가 물었다.

수도를 지키다가 목숨을 잃는다는 어리석은 선택지를 따를 생각은 없었다. 제국의 영토는 넓었고 제국군은 여전히 강대했다. 수도가 함락되더라도 각 지방에 흩어져 있는 군대를 집결시키면 승산은 있다고 판단했다.

"모든 퇴로가 차단당했습니다. 이미 황성은 포위되었고 특무군과 정찰총국의 정보망은 마비되었습니다. 적의 검성 전력이 어디에 배치되어 있는지도 확실하지 않습니다."

특무군 사령관, 아레스 백작이 어두운 얼굴로 말했다.

"저와 황실 친위대가 목숨을 바쳐서 뚫겠습니다!"

"황실 친위대장. 상황이 좋지 않습니다. 사실상 퇴로를 뚫는 건 불가능합니다. 차라리 발리안 경을 내보내서 적의 검성 전력을 전멸시키는 게 전황을 호전시키는 데 도움이 될 겁니다."

"좋은 생각이군."

아레스의 의견에 황제도 고개를 끄덕였다. 그의 시선은 곧 13기사회의 현 최고 기사를 맡고 있는 발리안에게 향했다.

뱀과 같이 간교한 얼굴을 한 그는 황제를 향해 고개를 살짝 숙이며 입을 열었다.

"하명하십시오. 황제 폐하."

그 모습은 외견과는 달리 충직한 기사, 그 자체였다.

"섬멸이다! 제국에 반기를 든 모든 적을 섬멸하고 와라!"

"지엄한 황명을 받들겠나이다."

발리안은 기사 여단의 휘하 기사들과 함께 전선으로 향했다.

"황성 정문이 파괴되었습니다."

"내가 먼저 갈게."

플라이 마법으로 하늘에서 지원 포격을 펼치고 있던 레이아가 S급 헌터 4명과 함께 정문을 넘었다.

리펄스 자작과 해방군 정예 기사들이 뒤따랐다.

"막아라!"

황성 수비대가 모습을 드러냈다. 황실 친위대만큼은 아니지만 그들의 실력도 뛰어나고 무장 상태도 좋았다.

"귀찮아. 블레이드 템페스트."

레이아가 손을 휘젓자 대마법이 완성되었다. 수십 개의 오러 블레이드가 빠르게 회전하며 황성 수비대를 덮쳤다.

"크아아악!"

"으아아악!"

황성 수비대원들이 힘없이 쓰러졌다. 그러자 이번에는 황실 친위대가 모습을 드러냈다. 레이아가 다시 한번 손을 휘저으려는 순간이었다.

"어……?"

뭔가 느낌이 이상했다. 화끈한 느낌이 들어서 시선을 옮기니 붙어 있어야 할 오른팔이 없었다.

"꺄아아아악!"

레이아가 비명을 내지르며 뒤로 물러났다.

"레이아 씨!"

"엄호해!"

후퇴를 지원하기 위해 S급 헌터 4명이 움직였다. 그리고 죽었다.

"커, 커헉!"

"대체……."

"무슨 일이……."

"쿨럭!"

피를 흩뿌리며 힘없이 쓰러졌다.

"제기랄!"

리펄스는 방어 자세를 취한 채 레이아의 앞을 막아섰다. 레이아 또한 이미 마법으로 상처를 지혈하는 것과 동시에 공격 마법의 캐스팅을 끝낸 상태였다. SSS급 헌터답게 대처가 빨랐다.

"레이아 경. 괜찮습니까?"

"난 괜찮아."

"다행이군요. 지금부터 상대할 적은 저 혼자서는 승산이 보이지 않습니다. 원호를 부탁합니다."

"문제없어."

레이아는 왼팔을 들어 올렸다.

리펄스도 긴장한 표정으로 주위를 살폈다. 그리고 곧 그들은 한 명의 기사를 볼 수 있었다.

황실 친위대의 경의를 받으며 전장에 모습을 드러낸 그는.

"최고 기사 발리안……."

리펄스의 목소리가 떨렸다. 현 최고 기사 발리안은 로우켈

다음으로 천재라고 평가받는 검성이었다. 리펄스의 실력 또한 우수하지만 그를 상대할 자신이 없는 게 솔직한 심정이었다.

'지원이 올 때까지 최대한 버틴다.'

두 개의 검을 들어 올리는 리펄스를 보며 발리안은 싸늘한 미소를 머금었다.

"방어 자세라…… 지원군이 올 때까지 버틸 생각인가?"

발리안의 모습이 사라졌다.

"플레임 스프레이!"

동시에 레이아가 고위 마법을 완성했다. 사방에 뜨거운 불꽃을 흩뿌렸지만 발리안은 여유롭게 리펄스의 배후로 접근했다.

"나를 상대로 얼마나 버틸 수 있는지 볼까?"

어느새 뽑은 검이 리펄스의 목을 노렸다.

"크아아악!"

리펄스가 붉은 피를 쏟아내며 다급하게 물러났다. 목이 날아가는 건 피했지만 갈비뼈 여러 개가 잘려 나가는 치명상을 입었다. 리펄스는 입안에 비릿한 핏물이 고이는 걸 느꼈다.

'이 정도일 줄이야…….'

생각보다 강했다. 직접 검을 겨룰 기회가 없었으니, 그의 실력을 정확하게 가늠하지 못했던 건 당연했다.

"지금부터 살육을 시작할까 하는데…… 반대 의견은 없겠지."

"아아……."

레이아가 붉은 피를 토해냈다. 정신을 차려보니 복부를 관통한 검이 보였다.

"이제 마지막이다."

복부에서 빼낸 검으로 레이아의 목을 찌르려는 순간이었다. 그는 살기를 느끼고 옆으로 몸을 던졌다. 전신을 싸늘하게 물들이는 짙은 살기였다. 조금 전까지 그가 있던 자리에는 단검이 꽂혀 있었다.

"그건 내가 할 말이다. 발리안."

"강…… 성준……."

"레이아 씨. 꼴이 말이 아니군요."

성준은 레이아와 리펄스를 향해 손을 뻗었다.

"힐."

두 사람의 부상이 회복되었다. 레이아 같은 경우에는 잘린 팔이 붙었다.

"두 사람은 물러나세요. 저놈은 제가 죽입니다."

반드시.

"배신의 대가는 가혹할 거다. 최고 기사여."

때가 되었다.

"제기랄! 하얀 악마!"

"리슈발트! 동조율 최대로!"

발리안이 먼저 고속 이동술을 펼쳤다. 성준도 가만히 있지 않았다. 그는 리슈발트에게 동조율을 올릴 것을 지시하며 검을 들었다.

-동조율 100%! 과거의 영광이 재현될 것입니다! 최고 기사의 재림입니다!

리슈발트의 목소리가 격하게 떨렸다. 전생의 로우켈과의 동조율 100%가 되었다.

과거의 영광이 이곳에서 다시 재현된다!

"환영검."

"연검!"

두 기사가 충돌했다. 각자 자신 있는 응용 검술을 펼치는 것으로 진검승부의 시작을 알렸다.

하지만 동조율 100%, 과거의 영광을 재현하고 있는 성준을 발리안 따위가 이길 수 있을 리가 없었다.

"크윽!"

10번의 공방 끝에 발리안이 신음과 함께 핏물을 잔뜩 토해냈다. 성준의 검에 흉부를 깊게 베인 것이었다. 오러 아머를 사용하고 있었지만, 동조율 100%의 강화 오러 블레이드 앞에서는 무의미했다.

오히려 집중이 분산되기 때문에 악영향이었다. 발리안 역시도 그 사실을 뒤늦게 깨닫고 오러 블레이드에 모든 마력을 집중했다.

"도대체 어디서 이런 괴물 같은!"

다시 검을 주고받기 시작했다.

하지만 발리안은 계속해서 밀리고 있었다.

'쉽게 결판날 것 같지는 않군.'

성준은 본능적으로 직감했다. 그는 발리안의 검을 쳐내며 입을 열었다.

"여기는 제가 맡겠습니다! 황제를 확보하세요!"

"맡기겠습니다!"

리펄스는 레이아, 그리고 뒤늦게 합류한 에리나와 함께 해방군 병력을 이끌고 황궁으로 향했다.

"제기랄! 하얀 악마 놈! 비겁하다!"

"그건 약자의 변명이야."

일순간 빠르게 휘두른 검이 발리안의 왼팔을 날렸다.

"최고 기사의 수준이 고작 이 정도냐?"

"대, 대체 이런 괴물이……."

"네가 만든 괴물이다. 발리안."

두 다리가 잘려 나갔다.

"크아아악!"

발리안이 쓰러졌다. 이번에는 오른팔이 없어졌다.

"쓰러져 기어라, 목숨을 구걸할 필요는 없다. 어차피 죽일 생각이니까."

푸욱!

검이 목을 꿰뚫었다. 그럼에도 불구하고 발리안의 숨통은 끊어지지 않았다.

"리도니아 대평원에서의 원수를 이제야 갚는구나."

"서, 설마…… 네놈…… 끄르르륵……."

"그래. 로우켈이 돌아왔다."

발리안의 숨이 끊어졌다.

"흡수."

-동조율 100%입니다!

최고 기사답게 보유한 마력이 아주 많았다.

"강성준 경! 이럴 수가! 최고 기사를 상처 하나 없이 쓰러뜨린 겁니까?"

"황제는 잡은 겁니까? 리펄스 경."

"네. 황실 친위대가 격렬하게 저항하기는 했지만 저희가 압도적으로 수가 많으니, 곧 한계를 드러낼 수밖에 없었죠."

"이걸로 끝이군요."

성준의 입가에 미소가 번졌다. 이제 황제의 목을 치기만 하면 모든 것이 끝난다.

황제의 처형이 결정되었다. 처형인은 성준이 맡게 되었다.

'마지막 가는 길은 내가 보내줘야지.'

처형장으로 향하는 황제의 발걸음은 무거웠지만 반대로 성준은 걸음걸이는 경쾌했다.

"두려운가?"

"아니, 신나는군."

성준의 물음에 황제가 대답했다. 태연한 척하고 있지만, 목소리가 가늘게 떨리는 것을 느낄 수 있었다.

"어디부터 잘못된 건지……."

황제의 혼잣말이었다. 성준은 바로 옆에 있었기 때문에 똑똑히 들을 수 있었다.

"종족 연합과의 동맹부터 잘못되었다고 생각하는데?"

"닥쳐라, 지구인의 의견 따위 듣고 싶지 않다."

"변하지 않았군."

"무슨 말을 하는지 모르겠군."

뻔뻔한 황제의 태도에 성준은 고개를 저었다.

"그래도 로우켈의 제자의 손에 죽는 건 나쁘지는 않군."

어느새 도착한 처형대에 올라간 황제의 입꼬리가 호선을 그렸다.

"무슨 뜻이지?"

성준이 물었다. 황제가 말한 의미를 알 수 없었다.

"말 그대로다. 로우켈의 제자여……."

성준을 보는 황제의 시선에서 복잡한 감정이 묻어 나왔다.

"후회하는 건가?"

"그래 봤자 무슨 소용이겠나. 나는 이제 곧 죽을 운명인 것을. 다만, 한마디만 하겠다."

"유언이라면 들어주마."

"제국을 잘 부탁한다. 로우켈의 제자여."

황제의 부탁에 성준은 입꼬리를 끌어 올렸다.

"걱정 마라."

들어 올린 검이 황제의 목을 쳤다.

"와아아아아!"

"황제가 죽었다!"

환호성이 울려 퍼졌다.

끝났다.

정말…… 긴 싸움이었다.

에필로그

2년 후.

"세준이가 자기를 찾고 있어요."

넓은 파티장에서 한복을 입은 여인이 품 안에서 우는 아이를 달래고 있었다. 그녀는 윤설아였고 안고 있는 아이는 성준의 아들인 강세준이었다.

"아이고! 우리 손자! 할아버지를 보고 웃어보렴!"

성준의 아버지, 수혁은 예전과 달리 건강해 보이는 모습이었다. 그는 최근 손자 바보가 되어서 세준의 곁에서 떨어지려 하지 않았다.

"최고 기사 강성준 경의 아들이 벌써 돌잔치를 할 나이가 되다니…… 세월 참 빠릅니다."

"도련님은 분명 최고의 마도학자가 될 겁니다."

루토와 대화를 나누는 이는 제로스였다. 그는 은근슬쩍 자신의 욕심을 비췄다.

"형님! 제로스가 지금 이상한 소문을 퍼뜨리고 있습니다!"

"장훈아. 길드장님 지금 바쁘시다."

목소리를 높이는 장훈을 보며 신철이 고개를 저으며 말했다. 조금 떨어진 곳에 있던 정철은 한숨을 푹 내쉬었다.

얼마 전 장훈과 정철은 신철을 뒤따라 S급 헌터가 되었다. 특히 정철은 이계와의 교류를 담당하는 이계 사무국의 국장이 되어 성준을 보조했다.

"너희, 너무 시끄러운 거 아니야? 세준이가 울잖아."

"주군. 돌잔치의 규모가 커서 어쩔 수 없을 것 같습니다."

한숨과 함께 성준이 모습을 드러냈다. 그의 옆에는 놀랍게도 인간의 모습을 하고 있는 리슈발트가 있었다.

"리슈발트 경. 제가 만들어 준 마리오네트는 어떻습니까?"

"아직 조금 불편하지만, 곧 익숙해질 수 있을 것 같습니다."

"좋습니다. 좋아요."

제로스와 리슈발트를 뒤로 한 채, 성준은 설아와 세준에게로 향했다. 그가 발걸음을 옮기자 지구의 헌터들은 물론이고 이계인들까지 경의를 표했다.

"황제 폐하께서 입실하십니다!"

"이런……."

세준이를 달래려 했지만, 황제가 등장하고 말았다. 성준은 한숨을 쉬며 설아의 눈치를 살폈다.

"어서 가봐요. 세준이는 내가 달랠게요."

"부탁할게."

성준은 서둘러 황제를 맞이하기 위해 발걸음을 옮겼다.

파티장의 입구에서 페이드 황제가 황실 친위대장이 된 에리나와 함께 천천히 걸어 들어오고 있었다.

"황제 폐하."

"최고 기사 강성준 경! 잘 지냈는가?"

"네. 종족 연합과 왕국 연합과의 일로 바쁘실 텐데…… 이렇게 와주셔서 감사합니다."

"하하하! 신경 쓰지 말게! 종족 연합은 내전 후유증으로 정신이 없고 왕국 연합은 강성준 경의 '킹스골드' 덕분에 별일 없이 휴전할 수 있었네."

예전에 받아두었던 킹스골드의 가치가 빛을 발했다.

"물론 루토 경의 외교관들도 고생했지만, 말이지. 하하하!"

작전 참모 루토는 외교관이 되었다.

"그나저나 돌잔치는 아직인가? 빨리 보고 싶은데……."

"지금 진행하려고 했습니다."

성준이 고개를 끄덕였다.

그는 황제와 함께 자리를 옮겼고 돌잡이를 앞두고 있었다.

일반적인 돌잡이와는 달랐다. 일반적인 돌잡이 도구들에 각종 마법도구들과 장난감 칼 같은 것들이 추가되었다.

"마지막으로! 뭐가 필요할까요? 네 맞습니다. 바로 돈입니다. 우리 세준이한테 흔쾌히! 용돈을 기부해 줄 분 계십니까?"

수많은 사람이 손을 들었다. 하지만 낙찰된 사람은 최근 SS급 헌터가 된 나준열이었다.

"정의로운 사람이 되렴."

이상한 대사와 함께 5만 원권을 올려놓았다.

"자아! 시작합니다!"

돌잡이가 시작되었다.

"실타래를 잡았으면 좋겠어요."

설아가 말했다. 성준도 같은 생각이었지만 결국 집은 건.

"칼입니다! 장난감 칼을 주웠습니다!"

사회자가 탄성을 토해냈다. 성준은 고개를 저었고 여기저기서 박수가 쏟아지는 순간이었다.

우웅!

장난감 칼에서 오러 블레이드가 솟구쳤다.

"아, 제발!"

성준의 절규가 파티장을 뒤흔들었다.

The end